DUAS MULHERES
DA GALILEIA

MARY ROURKE

DUAS MULHERES DA GALILEIA

Tradução
Ana Beatriz Manier

Copyright © 2006 by Mary Rourke

Título original: *Two Women of Galilee*

Capa: Rodrigo Rodrigues
Imagens de capa retiradas de "Retrato de Simonetta Vespucci" e "Uma jovem", quadros de Botticelli, e foto de templo em Tiberíades.

Editoração: DFL

Texto revisado segundo o novo
Acordo Ortográfico da Língua Portuguesa

2011
Impresso no Brasil
Printed in Brazil

CIP-Brasil. Catalogação na fonte
Sindicato Nacional dos Editores de Livros, RJ

R768d	Rourke, Mary, 1949-
	    Duas mulheres da Galileia/Mary Rourke; tradução Ana Beatriz. – Rio de Janeiro: Bertrand Brasil, 2011.
	    224p.: 23 cm
	
	    Tradução de: Two women of Galilee
	    ISBN 978-85-286-1514-2
	
	    1. Jesus Cristo – Milagres – Ficção. 2. Mulheres na Bíblia – Ficção. 3. Galileia (Israel) – História – Ficção. 4. Ficção religiosa. 5. Ficção americana. I. Manier, Ana Beatriz. II. Título.

11-3286	CDD – 813 CDU – 821.111(73)-3

Todos os direitos reservados pela:
EDITORA BERTRAND BRASIL LTDA.
Rua Argentina, 171 – 2º andar – São Cristóvão
20921-380 – Rio de Janeiro – RJ
Tel.: (0xx21) 2585-2070 – Fax: (0xx21) 2585-2087

Não é permitida a reprodução total ou parcial desta obra, por quaisquer meios, sem a prévia autorização por escrito da Editora.

Atendimento e venda direto ao leitor:
mdireto@record.com.br ou (21) 2585-2002

AGRADECIMENTOS

Para escrever este livro, recebi a estimada ajuda
de Rafael Luévano, amigo e primeiro leitor
de cada prova — ninguém melhor do que ele para
entender do ofício de contar histórias.

De Laura Dail, minha agente literária, recebi apoio
incondicional, afeto e atenção.
Joan Marlow Golan mais do que se manteve fiel
à sua regra básica de edição:
"Para começar, não ofenda ninguém." Suas sugestões
facilitaram as coisas.
O encorajamento de Joanna Pulcini, logo no início,
pôs o livro em andamento.
Paddy Calistro e Scott McAuley, da Angel City Press,
abriram as portas para mim durante todo o trajeto e
me ensinaram como transformar uma prova em original.
Obrigada a todos vocês.

Para Patti, Louis, Tom, Cliff e Jon.

 PRÓLOGO

Os doze iam com ele, e também algumas mulheres
que haviam sido curadas de espíritos malignos e de enfermidades.
[...] Joana, mulher de Cuza, procurador de Herodes, [...] e muitas outras,
as quais lhe prestavam assistência com os seus bens.

Lucas 8:1-3

A casa em Nazaré está vazia agora. Ninguém pensaria em morar lá desde que Maria se foi. Não querem correr o risco de herdar seu infortúnio, uma viúva com um filho crucificado. Não obstante, este é um lugar sagrado. Alguém precisa cuidar de sua segurança.

Em uma idade mais avançada, Maria viajou para cidades distantes na companhia de João, o mais jovem dos discípulos de seu filho, zelando por ele como mãe. Naqueles anos, era mais fácil se deslocar pelo Império. Cláudio o governava de Roma, e, pelo menos desta vez, o estrangeiro que controlava a Judeia era simpático com os hebreus.

Difícil acreditar que, após doze anos de Nero, tal época algum dia existiu. Jerusalém encontra-se sob cerco desde a Páscoa dos Judeus, e o embargo romano impossibilita a entrada de comida pelos portões da cidade. Para nós aqui no Norte, notícias sobre a luta chegam com as caravanas. As piores parecem nos atingir com a velocidade de uma flecha. Há a história de um homem que engoliu todo o seu ouro antes de tentar fugir da Cidade Sagrada. Quando os soldados o capturaram, abriram-lhe a barriga e arrancaram-lhe as moedas. Ele ainda estava vivo. Presenciou o ato.

A casa desocupada de Maria foi meu consolo depois que ela partiu. Senti tanto sua falta que passei horas lá, sozinha. Imaginando que ainda estivesse comigo, vi detalhes seus que antes não percebera. Seus cabelos, uma vez fartos e escuros, haviam adquirido a cor prateada da pedra da lua. Sua pele ainda tinha a nuança cálida de casca de amêndoa, mas o brilho rosado que uma vez tingira suas faces desaparecera. O passar dos anos deixara suas formas arredondadas como seixos rolados.

Uma tarde, enquanto eu sonhava acordada, ela passou por mim a caminho do celeiro, pegou um punhado de sementes secas, derramou-as dentro de um pequeno saco de aniagem e esmagou os piolhos brancos de uma caçamba próxima na qual ficavam os grãos em processo de amadurecimento. Sem parar para me cumprimentar, pegou uma jarra de barro da prateleira e saiu na direção do poço, detendo-se apenas o suficiente para olhar satisfeita para mim. Ouvi-a recitar as orações de graças e comecei a entoá-las junto com ela. Antes de conhecer Maria, eu não sabia nenhuma oração.

Em sua casa vazia, comecei a me lembrar de algumas coisas. Do perfume de alecrim nas panelas e das prateleiras cheias de cestas que aguardavam para serem ocupadas com os bolos de sua cozinha. Todos os seus pertences estavam gastos pelo uso.

Sua casa pequenina não parecia o tipo de lugar capaz de atrair visitantes durante todas as horas do dia, mas eram tantos os que vinham na esperança de receber sua bênção que boa parte deles tinha de voltar do portão. Relembrando esses dias confusos, ainda me pergunto: terá qualquer um de nós que lhe pediu ajuda realmente entendido ou suspeitado o que Maria era capaz de fazer por aqueles que amava? Quando chegasse a hora, ela arriscaria a vida. Alguns até diriam: a alma.

Em uma tarde, uma enxurrada de sujeira interrompeu meu devaneio. Caiu do teto da casa de Maria pela parte mais desgastada do telhado. Acima de minha cabeça, folhas de palmeira silvaram como mensageiros dos ventos à brisa. Eu podia vê-las pelos vãos abertos no teto. Palha enfiada no emboço. Eu não havia percebido ainda.

Restaurar tal dano era minha forma de honrar Maria, mas também uma estranha ambição para uma mulher como eu, que nada sabia de serviços domésticos. Eu, Joana, esposa de Cuza, procurador-chefe de Herodes, fui criada para ser a soberana de um Estado. Tinha pouca experiência com limpeza de casa ou qualquer outro trabalho braçal. Por causa de Maria, aprendi.

A partir do momento em que tomei minha decisão, comecei a levantar da cama antes de o sol iluminar os quartos do andar superior de minha casa. Deixando de lado os lençóis frescos de linho, preparei-me para um dia de reparos na casa decadente de Maria. Enchendo grandes cestas com jarros de vinho, cantis de óleo, vidros de perfume e joias antigas — artigos que eu conseguiria permutar por serviços de reparo —, troquei os deuses de mármore e as colunatas de minha cidade romana de Séforis pelos campos de cevada do leste da Galileia. Foi como viajar de volta no tempo.

Phineas, meu cocheiro, percorreu os quase cinco quilômetros em uma corrida contra a alvorada. Já havia feito viagens muito mais perigosas por mim, durante seus longos anos a meu serviço. Nem uma vez sequer me desapontou. Portanto, repousei tranquila à medida que ele seguia aos solavancos na direção de Nazaré, passando por ovelhas de face marrom, que vagavam pela estrada e nos encaravam não habituadas a carruagens trafegando em velocidade. Não habituadas, também, a ver uma mulher como eu, com unhas arredondadas e limpas e pele alva que raramente se expunha a longas horas ao sol.

Quando nos aproximamos da cidade, meninos do campo atacaram minha carruagem com azeitonas podres. Phineas rosnou como um lobo planejando um ataque e os manteve afastados. Suas faces suavizadas de eunuco e sua cabeça brilhante assentavam-se com orgulho sobre ombros largos e braços musculosos. Ele era dotado de um físico vigoroso e inspirava respeito.

Quando passamos pelo portão da cidade de Nazaré, o rangido das dobradiças de ferro perturbou os vizinhos de Maria, que saíram aos tropeços de suas casas de dois cômodos ou de suas grutas rasas para ver quem havia entrado. Suas expressões incrédulas questionavam o que uma mulher rica estaria fazendo naquela parte da província. Eu não tinha uma resposta fácil. Além disso, a morrinha de ovelha em suas túnicas rústicas irritava meu nariz. Eu evitava conversar.

Foi em uma dessas viagens matinais que decidi escrever sobre Maria. No início, achei que minha existência tempestuosa não teria lugar em sua história. Minha saúde debilitada, as intrigas na corte de Herodes Antipas e os problemas resultantes em meu casamento não pareciam revelar coisa alguma sobre sua forma de viver.

No entanto, logo percebi que ela havia me conduzido pelos eventos mais íntimos de minha vida, até minha atual situação. Nada me resta a não ser contar nossas histórias como uma só.

Éramos primas. Só vim a descobrir já adulta, quando fui vê-la pela primeira vez. Precisava de sua ajuda. Eu estava morrendo, e Maria tinha um filho, um curandeiro que solucionava casos desesperadores. Queria que me arranjasse um encontro a sós com ele.

Minha doença me afligia desde a infância. A tuberculose era parte do legado que os romanos deixaram para o Ocidente. Os exércitos de César a levavam com eles conforme avançavam, conquistando tudo em seu caminho.

Minha família considerava minha doença parte do preço que a Judeia pagava pelo progresso. As estradas pavimentadas e o comércio internacional deixaram meus parentes ricos. Simpatizantes dos romanos muito antes de meu nascimento, eles não consideravam a vida de sua única filha um tributo demasiadamente exorbitante por sua fortuna.

Eu, no entanto, não estava preparada para morrer pelo comércio. Após várias tentativas de cura, incluindo um verão insuportável em uma estância de tratamento próxima ao Mar Morto, minhas entranhas encharcadas se recusavam a secar.

Como última esperança, recorri a Maria. Eu estava preparada para recompensá-la com generosidade. Sempre fui uma mulher de posses.

 CAPÍTULO UM

E ele os curava, impondo as mãos sobre cada um.

Lucas 4:40

Sem saber, fui acometida por tuberculose no meu décimo segundo aniversário. Naquela manhã, meu pai satisfez um desejo meu e, apesar do inverno frio e dos protestos de minha mãe, levou-me para navegar em mar aberto. Eu era teimosa, mesmo sendo menina.

Precipitei-me rumo ao meu destino dentro de um dardo singrando a água. O barco de junco escuro de meu pai cortava o ar gelado enquanto ele dava marretadas em um caixote de madeira. O remador se esforçava para manter o ritmo. Vi meu pai sorrir e senti orgulho de ser tão parecida com ele.

O vento em meus cabelos e minha agitação interior me fizeram sair bruscamente de meu lugar e correr atrás das ondas. Ao me debruçar para tocar a crista espumosa de uma onda, perdi o equilíbrio e caí no mar.

A água era um oceano de neve derretida. Dois remadores mergulharam para me salvar, e, após alguns minutos esticando os braços para alcançarmos os remos e nos agarrarmos às cordas que nos puxariam, fomos resgatados. Contudo, meu calafrio começou em seguida e não parou mais. Após ter passado semanas em um quarto escuro, debaixo de cobertores aquecidos por pedras quentes, o médico disse a meus pais o que tenho certeza de que eles já sabiam.

Nem todo o dinheiro de meu pai foi capaz de comprar de volta minha saúde. Sobrevivi e me recuperei quase por completo, mas nos dias de frio eu tiritava por causa da congestão encatarrada que transbordava de dentro de mim. Se ficasse agitada ou com medo, era quase impossível respirar. Nos anos seguintes, minhas forças iam e vinham. Os médicos prescreviam passeios de barco em mar aberto, como forma de equilibrar o meu temperamento e me tranquilizar. Esta solução ajudava a acalmar minha tosse nos dias quentes do verão, mas os benefícios não duravam muito.

Por fim, depois que me casei, minha doença ameaçou me derrubar. A única forma que encontrei de conseguir acompanhar o ritmo de vida de meu marido foi descansando vários meses ao ano em nossa casa em Séforis. Sua vida atribulada nos levava para lá com frequência, apesar de Herodes Antipas — tetrarca da Galileia e superior de meu marido — ter mudado a sede de seu governo de Séforis para Tiberíades. Ambas as cidades eram essenciais à vida da província. Ambas haviam sido reconstruídas em estilo romano durante os primeiros anos de Herodes no poder.

Ele assim o fez para agradar os romanos. Imaginava que, se governasse seu pequeno território ao norte, de acordo com o gosto deles, um dia lhe incumbiriam a responsabilidade por regiões bem maiores.

Felizmente, Herodes preferia a nova capital, e meu marido a antiga — em parte, porque assim ficava longe da corte durante uma boa temporada do ano. Tiberíades era excitante para Herodes. Além da necessidade evidente de meu marido de evitar o tetrarca o máximo possível, nós preferíamos Séforis por razões sentimentais. É a cidade onde cresci e onde Cuza e eu nos conhecemos.

Durante um desses períodos em casa, planejamos ir uma noite ao teatro com Manaém, um jovem colega de Cuza. Eu estava feliz por meu marido ser visto na companhia do jovem capitão da guarda. Manaém havia sido criado junto com o tetrarca e, embora tivesse praticamente a metade de sua idade, era protegido na corte. Herodes recentemente pedira a Cuza que ensinasse contabilidade e agricultura ao capitão, matérias essenciais ao desenvolvimento de um jovem.

Querendo causar boa impressão, encomendei um vaso de cerâmica para dar a Manaém como lembrança de nossa noite e deixar claro que meu marido o tinha em alta estima. Na manhã do dia do nosso encontro, fui ao jardim e vi que o verniz já havia secado completamente ao sol.

Uma friagem inesperada fez um arrepio percorrer meus ombros e comecei a tossir. Assim que meu lenço ficou todo salpicado de sangue, senti as mãos de Cuza me confortando.

— Continua respirando — instruiu-me. Em momentos como aquele, ele agia como um general. — Levanta a cabeça. — As roseiras se abriram para os lados assim que Strabo, meu jardineiro-chefe, e dois criados domésticos apareceram e me carregaram para dentro de casa.

— Não chames o médico! — gritei para Cuza. — Por favor, apenas fica comigo.

Cuza seguiu os criados até meus aposentos e, depois que eu já estava acomodada em minha cama, aproximou-se de mim. Quando consegui respirar calmamente, deitou-se a meu lado. Sempre queria ficar bem perto depois de meus acessos. Eles estavam entre as poucas coisas na vida que podiam assustá-lo.

Olhei para o seu rosto, tão próximo do meu. Seus cabelos, tão densos quanto os pelos de um urso, mostravam os primeiros sinais de falha da idade. Seu maxilar nada perdera de seus traços fortes. Sentir seu peito largo de encontro ao meu corpo me encheu de solidão. Raramente nos tocávamos. Ele parecia temer que eu pudesse rachar e quebrar.

— Cuza — sussurrei. Durante um tempo ficamos deitados em silêncio. — Fala-me do nosso primeiro encontro.

Ele respondeu em voz baixa:

— Faz dezessete anos nesta primavera. — Meu marido sempre se lembrava dos aniversários melhor do que eu. — Eu deveria estar a caminho de Corinto para entregar um carregamento de ouro com destino a Roma, mas os ventos mudaram e não pudemos navegar. Foi em uma das primeiras noites quentes de março. Andei até a colunata e vi que todos em Séforis tinham tido a mesma ideia. Foi quando te vi pela primeira vez. — Ele beijou meu nariz da mesma forma que costumava fazer quando éramos jovens e começávamos a nos conhecer.

Cuza chamou os médicos em seguida. Eles me aconselharam a ficar em casa, descansar e tomar sol. Tomar sol de forma a ficar com os braços morenos como os da esposa de um fazendeiro, ficar em casa para me privar das últimas fofocas.

Meu marido mandou um mensageiro a Antioquia para chamar seu irmão, Ciro, um dos melhores médicos de sua cidade natal. Algumas horas após sua chegada, eu estava deitada em minha cama segurando uma proveta cheia de uma de suas misturas granuladas, tentando fazer todo o possível para evitar o aguilhão em brasa que ele segurava bem próximo de mim. Ciro acreditava que a cauterização era o melhor tratamento para minha enfermidade.

Ele parecia se julgar capaz de calcinar minha congestão até que virasse pó. Deixei-o tentar. Talvez ajudasse. Realmente pareci melhorar por um tempo, mas havia aprendido a não confiar em melhoras temporárias. Não havia razão para esperar por uma cura.

Vários dias depois, após vários copos da infusão de ervas que eram parte do tratamento de Ciro, senti-me surpreendentemente saudável. Otávia, minha camareira, que estava em meus aposentos naquela manhã, fez uma pausa em suas costuras para me dar uma sugestão. Podia perceber que eu estava mais forte do que estivera tempos atrás.

— Há uma caravana vinda do Ocidente passando pela cidade — disse ela, com as sobrancelhas se arqueando, escuras, como as asas de um melro. Levantadas daquela forma, elas me diziam que Otávia tinha planos para nós. De nada adiantaria discutir; ela era segura como ninguém quanto às próprias opiniões. Não nascera para ser escrava. Fora a jogatina de seu pai que arruinara seu futuro. Ele a vendera para pagar as próprias dívidas.

Saímos à procura de grãos de pimenta e, se bem me lembro, de uma caixinha de joias coberta por espelhos miúdos, como a que pertencia à esposa de Herodes, Herodíades. No início da tarde, estávamos caminhando pelas ruelas de Séforis, por entre as barracas do mercado. Grous cinzentos grasnavam para nós de suas gaiolas; o odor penetrante do couro chegava em ondas da loja do sapateiro; sacos de chá preto abriam-se à espera de meu toque, e remexi suas folhas frescas filtrando-as por entre meus dedos.

No início, o rebuliço atrás de mim me lembrou o rufar de tambores exóticos. As caravanas vivem repletas de música estrangeira. No entanto, o barulho foi ficando mais alto e mais próximo até eu perceber que vinha da multidão. As pessoas corriam empolgadas atrás de um homem de pernas compridas e finas, que cambaleava pela rua. Era velho, mas se movia como um bebê dando seus primeiros passos. Eu já o tinha visto antes; levei um minuto para me lembrar de onde. Era o mendigo aleijado pelo qual havíamos passado no portão da cidade. De alguma forma, ele estava vindo na minha direção. Uma multidão se acotovelava à sua volta.

— Zorá está curado! — gritavam. — O curandeiro de Nazaré o salvou!

Otávia abriu caminho pela multidão e me puxou para longe das barracas.

— Aonde estamos indo? — perguntei, sem conseguir ouvir acima do tumulto.

Passamos pelas pequeninas flores amarelas que ladeavam a estrada principal, Otávia puxando, e eu seguindo. Quando chegamos a uma encosta graminosa, baixei o olhar para a multidão que se arrastava abaixo de nós como animais feridos. Os mais fortes carregavam os deficientes nas costas. Era como se metade do mundo estivesse indo para lá para morrer.

Reconheci uma mulher. Ela havia sido curada recentemente, assim me disseram. Todos sabíamos da vida de um e de outro na Galileia. Durante oito anos, aquela mulher fora possuída por demônios. Tinha ataques frequentes e caía no chão, o corpo rígido como o de um cadáver.

Ela vestia uma túnica de lã fina tingida com o mais caro corante de molusco. Nossos caminhos raramente se cruzavam. Ela era uma judia devota.

— Bondosa mulher! — gritou para mim. — Jesus pode te ajudar, ele me ajudou!

Olhei em seus olhos e não vi qualquer sinal de dor. Estava curada. Reparei na forma como caminhava ereta e forte, não mais curvada, como se à espera de que algo lhe acontecesse. Ela me indicou o caminho colina abaixo na direção do curandeiro. Nós nos aproximamos dele, e ele se virou como se tivesse ouvido alguém chamar seu nome. Olhou diretamente para mim.

Por causa da distância, tudo o que pude ver foram seus cabelos escuros e seus traços finos e esguios. Havia tanta compaixão em sua forma de agir, que não consegui tirar os olhos dele.

Dei alguns passos à frente para ter uma visão melhor. Seus cabelos eram encaracolados como os de um bebê. Seus lábios eram mais alongados do que quaisquer outros que eu já tivesse visto. Seus olhos eram tão escuros quanto o lago onde Narciso se deparara pela primeira vez com a própria beleza. Eu sabia que aquele homem me ouviria e me entenderia.

Algo me fez parar. Tudo se deu muito repentinamente — eu não tinha certeza do que poderia acontecer se me aproximasse dele. E se me rejeitasse na presença de todas aquelas pessoas? E se eu fosse a desventurada, que pioraria, ao invés de melhorar por sua causa?

Recuando, corri para a estrada gritando por meu criado, Phineas. Ele logo veio ao meu encontro e levou-me para minha liteira. Escondi-me lá dentro com as cortinas fechadas e mandei Otávia ir caminhando bem perto de mim até tomarmos boa distância da cidade. Ele teria me curado naquele dia, tenho certeza. Se eu ao menos tivesse confiado nele... O coração é um caçador medroso quando ainda não sabe o que persegue.

Senti-me tão perturbada com meu quase encontro em Séforis, que fiquei ansiosa por voltar a Tiberíades. Cuza e eu partimos para a capital vários dias após minha experiência desastrosa. Em uma de nossas primeiras noites ali, meu marido e eu fomos à festa de aniversário de Herodes Antipas. Muito me custou escolher o que vestir, sabendo do grande espetáculo de falsa alegria que a noite iria exigir. Desprezei seis pares de brincos antes de optar por argolas de ouro. Eram tão ostentadoras quanto os outros, mas a ocasião pedia que eu fizesse uma escolha.

— Estás pronta? — gritou Cuza do átrio. Pude imaginá-lo tamborilando com os dedos na parede. Uma olhadela para o espelho restaurou minha confiança. Sorri diante de meus cabelos castanhos caprichosamente presos por uma tiara tão fina quanto a lua nova.

— Estou indo — respondi, fingindo pressa.

Ele sorriu quando me aproximei com o roçagar de um leve drapeado. Meu vestido fora inspirado na estátua de Vênus do jardim de Herodes. A atenção de Cuza desfez as nuvens que haviam se formado sobre mim.

Atravessamos a pé o caminho de pedras que levava ao palácio do tetrarca, o que se tornou uma lição sobre a mão de obra que sustenta a vida real. Oito luminárias de ouro maciço na forma de botões de papiro iluminavam nosso caminho. Importadas do Egito, deduzi, por causa de suas formas atarracadas. A equipe de artesãos levara pelo menos seis semanas para terminar o conjunto. Ao atravessarmos o tapete de mosaico salpicado de faisões azuis, que ficava na entrada, imaginei a quantidade de trabalhadores necessária para assentar aquele piso; um para projetá-lo e uns nove para assentá-lo por um período não inferior a dois meses.

A caminho de sua residência, um criado que nos conhecia permitiu que tomássemos um caminho lateral até a sala de jantar. Herodes tinha predileções extravagantes e gostava que os convidados o cumprimentassem. Eu queria estar preparada.

O aposento parecia ser outro sob uma tenda diáfana que esvoaçava do teto. Barras de trapézio balançavam acima dos sofás, sugerindo o entretenimento da noite. Senti minha pele arrepiar-se de revolta. Eu já podia imaginar o que havia sido planejado.

Cuza me levou para fora, esbarrando em um macaco dançarino na saída. O animal agitado gritou para nós e nos perseguiu pelo corredor, até depois dos murais de Baco e seus amigos embriagados, com os rostos enfiados em suas taças. Meu marido manteve um braço protetor sobre mim, percebendo, assim como eu, o que a tenda e a decoração sugeriam. O travesti mais famoso de Roma, Flávia, seria o convidado especial da noite. Meu marido não aprovava as festas oferecidas para o grupo de oficiais da guarda. Não quando havia mulheres presentes.

No jardim, Herodes estava ao lado da esposa, Herodíades, que se inclinava possessiva sobre ele. Meus olhos foram diretamente para o anel imperial que ele exibia, o mesmo que usava para selar documentos romanos. Parecia uma demonstração intencional de autoridade. Seus cabelos castanhos e rarefeitos estavam decorados por uma coroa de louros. Eu jamais o vira tentando reproduzir uma imagem tão próxima da de um César. A ambição exalava dele como um odor desagradável. Fazia cinquenta e seis anos naquela noite e estava visivelmente ávido por assegurar uma posição de maior importância no círculo de assessores de César.

— Joana, finalmente estás aqui! — cumprimentou-me com certo excesso de intimidade. Cuza o ignorou. Estava acostumado às tentativas desajeitadas de Herodes de soar galanteador.

— Meu senhor tetrarca. — Presenteei-o com um título pomposo.

Ele abraçou Cuza como se fosse seu irmão predileto. Herodes tinha tão poucos amigos de verdade, que dispensava uma intimidade mais do que apropriada aos colegas confiáveis.

Ouvi em silêncio até que ele decidiu se dirigir a mim.

— Conta-me as novidades de meu reino — pediu, inclinando-se para o meu lado. — Sei tudo sobre como governar a Galileia, mas nunca o suficiente sobre as pessoas que governo. — Afastou-se um pouco da esposa para sugerir que eu estava livre para usar de franqueza. — Ela não se interessa por esses assuntos — completou, relanceando para onde ela estava.

O casamento dos dois fora um arranjo complicado. O avô dela era pai de Herodes Antipas, Herodes, o Grande.* Ela abandonara o primeiro marido para ficar com o atual, que, por sua causa, desistira de uma esposa extremamente adequada. Tal união fora uma demonstração de leviandade e motivo para especulações. Herodíades queria um marido mais poderoso do que o de então. Herodes, simplesmente, queria tudo o que ainda não possuía. Seu casamento incestuoso com Herodíades enfureceu os hebreus de sua corte, muito embora ele fosse um deles, pelo menos no nome.** A verdade é que, como sua família havia se convertido, ele jamais seria inteiramente hebreu já que sua mãe era samaritana. Além do mais, ignorava as leis do matrimônio da mesma forma como fazia com todas as outras que se punham em seu caminho.

Tirei um coelhinho de prata de meu bolso, um amuleto da sorte que adquirira na tarde em que fui às compras, e mostrei-o a Herodes. Ele e eu tínhamos uma coisa em comum: a magia era algo que nos excitava. Era a resposta de uma mulher sem fé para a intervenção divina.

— Há um homem recém-chegado na Galileia — disse eu. — Todos estão falando dele.

— O nome, diz-me o nome dele.

— Jesus, de Nazaré.

— Quem? — Sua voz falhou. A competição o deixava agitado.

— Ele é o centro das atenções.

— O que ele faz? — Herodes esfregou o coelho da sorte na palma da mão.

---

* Herodes, o Grande, concedera a mão da própria neta, Herodíades — filha de Aristóbulo e Berenice —, ao seu filho Herodes Filipo. Quando Herodíades conheceu o cunhado e também tio, Herodes Antipas, separou-se do marido e casou-se com ele. (N. T.)

** O nome "Herodes" tem origem hebraica e significa "dragão do fogo". (N. T.)

— Ele cura os doentes. — Contei-lhe a história de Zorá, o aleijado.

— E quanto a ti, Joana? — Virou-se para mim, forçando preocupação. — O curandeiro de Nazaré te curou? — As palavras espetaram. Fiz um esforço para limpar a garganta. Foi o suficiente para dispensá-lo.

Após o jantar, as luzes se apagaram. Pude ouvir os acrobatas entrando. Quando já estavam em seus lugares, as tochas foram acesas. Palhaços tão altos quanto camelos andavam com dificuldade pelo salão, em cima de pernas de pau. Um etíope com um turbante vermelho jogava tiras de papel picado, de cima de um elefante. Peguei uma delas e amarrei-a em meu pulso. Do outro lado do salão, onde estavam os homens, percebi Cuza olhando-me de esguelha. Pude interpretar sua expressão irritada. Ele não aprovara minha conversa com Herodes sobre o dia em que vi o milagreiro, aquilo apenas aborreceria o tetrarca invejoso.

Quando Flávia rolou para a barra do trapézio, alguns dos homens já estavam bebendo havia três horas. Eles começaram a uivar assim que a cabeleira dourada do acrobata balançou acima de suas mesas, roçando em seus rostos. Os lábios pintados de Flávia e o kajal negro delineando seus olhos fizeram dele uma estranha versão de mulher.

Flexível como algas marinhas, contorcia-se entre nós, enrolando-se até formar uma bola. Nem uma vez sequer perdeu uma das moedas que lhe foram jogadas. Aquilo se tornou um jogo, e, como crianças, ficamos extremamente empolgados enquanto jogávamos. Uma briga irrompeu no salão. Vinho proveniente de uma taça voadora respingou em uma de minhas faces. Cuza levantou-se bruscamente, aproximou-se de mim e pegou-me pelo braço.

— Estamos indo embora — disse ele. Meu marido mal falou com Herodes na saída. O tetrarca, agarrado ao pescoço espesso de sua esposa, acenou para nós.

Às vezes, os excessos da vida da corte abalavam a alma de Cuza. As festas de Herodes eram um deles. Quando já estávamos seguros e acomodados em casa, meu marido foi ao meu quarto, como ocasionalmente fazia quando precisava de conforto. Tomou-me em seus braços até seu corpo tenso relaxar e ficar pesado, e sua mão perder a força. Senti-o adormecer e também comecei a ficar sonolenta.

Peguei-me pensando no dia em que vi Jesus pela primeira vez. Foi então que me veio uma inspiração, naquela forma espontânea como surgem as melhores ideias.

— Preciso me encontrar com a mãe dele — falei alto, no escuro.

Cuza não aprovaria.

"Joana", diria ele, "não ponha os deuses à prova." Ele não acreditava em curandeiros. Apenas as mulheres e os tolos davam ouvidos a eles.

CAPÍTULO DOIS

Maria valorizava todas aquelas coisas em seu coração.

Lucas 2:51

No início do outono, meu marido e eu retornamos de Tiberíades para Séforis, para a colheita do figo e da tâmara. Eu tinha muito a fazer em casa. Havíamos ficado fora durante todo o verão. Minhas rosas precisavam de cuidado.

Em nossa primeira manhã em casa, vi meu marido sair, esperei até ter certeza de que seguira seu caminho e chamei Otávia.

— Estamos indo para Nazaré — disse-lhe eu. — Vamos precisar de uma saca de farinha e um jarro de azeite. Pega também o resto de peixe salgado, se ainda houver um pouco.

— Aquele curandeiro que vimos em Séforis não é de lá? — perguntou Otávia. Minha camareira tinha uma habilidade fora do comum para adivinhar minhas intenções.

— Eu gostaria de me encontrar com a mãe dele — respondi. — Não a conheço, é claro. E talvez ela nem esteja em casa.

— Podemos esperá-la chegar — sugeriu Otávia. — Ou deixar recado dizendo que voltaremos noutro dia.

— Gostas da ideia, não gostas? — provoquei-a. Às vezes Otávia mais parecia alguém da família do que uma escrava.

Ela arregalou os olhos escuros em sinal de aprovação ao meu plano. Uma hora depois, Phineas nos levava para Nazaré. O clima estava quente e seco. Levantamos as cortinas laterais do dossel, de forma que pudéssemos observar a vista. Ainda tínhamos várias horas pela frente à luz do dia, e Cuza só voltaria tarde. Mesmo assim, pedi a Phineas que se apressasse. Chegamos bem antes do entardecer e cruzamos a pé a distância a partir do portão da cidade, de forma a não perturbar os moradores de Nazaré com o barulho de uma carruagem puxada a cavalos.

Escondi meus cabelos sob uma estola branca bem fina, o mais próximo que eu tinha do linho amarronzado das mulheres de lá. Felizmente, eu havia tirado minhas tornozeleiras e as deixado em casa. Ninguém em Nazaré usava tais artigos. Phineas caminhava bem perto de mim, meu guarda-costas vigilante. Ele observava as ruas por debaixo de seu capuz.

Encontramos Maria sentada em um banco baixo de madeira, do lado de fora de sua casa, cercada por meninas do vilarejo, agitadas de expectativa. A mais nova delas estava aninhada nos braços da irmã mais velha. Maria passou uma tigela de purê de azeitonas e pedaços de pão. Trazia seu lenço amarrado na nuca como uma trabalhadora do campo. Sob o cinto, enfiara retalhos de tecidos velhos que usava para limpar as migalhas das faces das meninas mais jovens. Todas se aproximavam dela e apertavam os lábios pequeninos mandando-lhe beijos. Qualquer coisa que chamasse sua atenção.

Algumas das mães ajudavam a preparar as meninas para uma apresentação. Vestiam as crianças a caráter, esfregando cinzas no rosto daquelas que fariam o papel de penitentes. O trabalho delas, lembravam-lhes as mães, era rezar pela vitória antes da batalha.

Uma das meninas mais velhas deu um passo à frente e esperou até que todos estivessem em silêncio. Então olhou de relance para Maria, que levantou ligeiramente o queixo e baixou-o em seguida em sinal de aprovação. A menina anunciou a história "Josué e a batalha de Jericó" e começou sua narrativa.

Algumas delas, as defensoras da justiça, saíram sorrateiras para o vale da meia-noite, assim que Maria esticou um varal com estrelas de madeira acima de suas cabeças. Elas marcharam em torno dos muros da cidade para assustar o inimigo, os cananeus. Maria entregou um chofar a uma menina gorducha e com um olho vesgo. Seu toque súbito fez a audiência agitar-se com risadas nervosas.

Quando os bravos marcharam de volta para casa após a vitória, as meninas mais novas, que estavam amontoadas atrás de Maria, saltaram para a frente. Cada uma usava um feixe de trigo no cabelo. Maria tocou um tamborim e as conduziu durante a dança da vitória. As meninas a imitaram, rodopiando, rodando como ela.

Quando terminaram a apresentação, as mais extrovertidas sorriram confiantes para a audiência enquanto as tímidas se agarraram à saia de Maria. Ela se curvou e lhes beijou os cabelos ou lhes sussurrou palavras de encorajamento.

Ensaiei minha fala, esperando que ela se aproximasse de mim. Finalmente se aproximou, mas apenas após todas as mães e avós terem tido sua cota de atenção.

— Que a paz esteja contigo — disse a mim. Foi receptiva, como se julgasse já me conhecer.

Agradeci-lhe por sua bênção, insegura de como me dirigir a ela. Eu raramente falava com pessoas fora de meu círculo de conhecidos.

— Gostaste da nossa história? — perguntou ela.

— Devo tê-la ouvido quando era jovem.

— O Senhor está sempre conosco. A vitória de Josué nos lembra disso.

Sua voz confiante me tranquilizou.

— Sim — respondi.

Eu estava prestes a explicar o motivo de minha visita, quando uma timidez incomum se apoderou de mim.

Fiquei olhando para seus dedos afunilados, tão parecidos com os de seu filho.

— És Joana, filha de Abias — disse ela.

— Como sabes?

Sua resposta foi muito diferente da que eu esperava.

— Não te lembras de mim? — perguntou. — Sou tua prima.

Posso apenas imaginar a expressão em meu rosto. Sem saber ao certo se acreditava nela, tentei parecer natural, mas o súbito ronco em meu peito me traiu. Meu rosto ruborizou, e comecei a suar. Ela reconheceu minha doença, porém não se afastou como tantos outros faziam. Em vez disso, tomou-me pelo braço e levou-me ao muro baixo que até pouco tempo estivera apinhado de parentes e vizinhos.

— Vou te trazer algo para melhorar — disse ela. Quando fiquei sozinha aguardando seu retorno, uma coceira em minha garganta me preocupou. Eu nunca sabia o que poderia se seguir a um acesso de tosse. Ela retornou em seguida e me ofereceu chá de ervas e mel. Aquilo acabou me tranquilizando.

— Lembro-me de ti como uma garotinha, na praça de Séforis — disse ela. — Costumava te ver lá com os teus pais. Não te lembras de mim? Sou filha de Joaquim e de Ana.

O irmão de meu pai era Joaquim. Fiquei surpresa por ter me lembrado do nome. Lembrei também que havia se casado com a irmã de minha mãe, Ana. Eu era muito jovem naquela época. Nossas famílias se afastaram desde então. Meus tios mantiveram os costumes hebraicos e fizeram oposição aos romanos, mas meus pais não. Eles deram boas-vindas a César e ao mundo mais vasto que ele representava. A prosperidade tornara-se o deus deles.

— Usavas lindas faixas tecidas em torno do vestido — lembrei. Há anos que eu não pensava nas faixas de linho colorido de minha prima.

— Quando te víamos no mercado, minha mãe me dizia que eu não poderia falar contigo.

— Eu tinha inveja da forma como teu pai te carregava nos braços — disse Maria. — Eras o pequeno tesouro dele.

— E hoje tens filhos teus adultos — disse eu, na esperança de levar a conversa para o motivo de minha visita.

Eu nada sabia sobre a vida de minha prima, apenas que fora casada e seu marido morrera. E que criara crianças com ele, às quais chamava todas de filhos e filhas.

— Vi o teu filho, o curandeiro — disse eu.

Seu olhar se moveu devagar por minha tez pálida e baixou até o casaco que eu usava por cima dos ombros.

— O que ouviste falar dele?

— Que cura os doentes tocando neles.

— E por isso vieste aqui — disse ela, a voz baixando ligeiramente de volume. Pressenti tua cautela.

— Talvez possas nos arrumar um encontro — sugeri.

— Em particular, queres dizer — completou.

Logo me ocorreu que eu não era a primeira a lhe fazer tal pedido.

— Meu marido é procurador-chefe — disse eu, para lembrá-la de minha posição na sociedade. — Seria estranho se eu fosse vista em meio à multidão que segue teu filho.

A verdade era que eu não tinha intenção de ouvir os discursos ou conhecer os ensinamentos de Jesus. Queria apenas que salvasse minha vida. O silêncio de Maria me dizia que ela havia entendido tudo muito bem.

Levantei os olhos para o céu a fim de evitar seu olhar questionador. A lua cheia saiu de trás das nuvens e iluminou a cidade, transformando cabanas caiadas em pérolas azuis.

Pareceu-me melhor pôr fim à nossa conversa e continuá-la em outra hora. Minha prima estava protegendo o filho ou talvez não me achasse merecedora de tratamento especial. Uma vergonha momentânea tomou conta de mim, algo incomum para a esposa do procurador de Herodes.

— Posso voltar a te ver? — perguntei. Maria apertou minhas mãos frias entre as dela, fortes e acalentadoras. Não deu desculpas por seu jeito reticente de instantes atrás, e eu também não ousei fazer perguntas sobre o assunto. Diante de sua graça silenciosa, senti que era uma personalidade formidável.

— Espero que voltes para me ver — disse-me. — És bem-vinda aqui.

Otávia ficara bem próximo de nós. Fiz sinal para que chamasse Phineas. Maria esperou comigo até ele chegar. Estávamos prestes a partir quando ela me fez uma promessa.

— Falarei com meu filho sobre ti.

 CAPÍTULO TRÊS

Minha alma suspira e desfalece pelos átrios do Senhor.

Salmos 84:2

A primavera trouxe a chuva, que forçou o açafrão a florescer, e a festa da Páscoa, que pôs os hebreus em peregrinação. Todos os anos eles entravam em Jerusalém em contingentes tão grandes que cada telhado era alugado duas ou três vezes seguidas. À noite, as colinas do lado de fora da cidade cintilavam com as fogueiras.

Naquele ano, os joelhos e os cotovelos de Herodes incharam tanto que ficaram duas vezes maiores do que o normal. Tamanha fora a dor que sentira por causa da gota que não conseguia andar. A fim de manter a ordem durante a festa, Cuza foi para Jerusalém no lugar do tetrarca. Dei um jeito de levar a cama de meu marido, sua cópia de Virgílio e suas sandálias mais confortáveis para lá, na esperança de melhorar a aparência lúgubre do quarto de hóspedes na ala do palácio do governo onde iríamos ficar. Pôncio Pilatos governava Jerusalém e a Judeia com evidente desdém por aqueles que comandava. Isso era sentido na própria atmosfera à sua volta, em sua própria casa.

A partir do dia em que chegamos a Jerusalém, meu marido fez questão de ser visto nas ruas, principalmente no bairro dos hebreus. Em casa, ficou ranzinza e reclamou de coisas que normalmente ignoraria.

— Traga de novo aqueles morangos — resmungou certa noite, durante o jantar. Manaém, seu colega de confiança, era nosso único convidado. Cuza havia bebido vários cálices a mais de vinho e depois ficou desesperado por algo doce. Estendeu o braço para a pequena tigela de morangos silvestres, um presente de Cláudia Prócula, esposa de Pilatos.

— Já comeste bastante — disse-lhe eu. — Sabes o que vai acontecer. — Morangos arranhavam o estômago de Cuza como estilhaços de vidro. Afastei a tigela.

— Diga-me — interrompeu Manaém. — O que tens visto pela cidade nestes últimos dias? — Manaém era pelo menos dez anos mais jovem do que meu marido, tinha praticamente a minha idade. Falava com o respeito que dispensaria a um professor. Cuza gostava disso.

— Caos — respondeu meu marido, tomando outro trago de vinho. — Dá para pensar que Tiamat e seus demônios assumiram o controle.

— A deusa síria — expliquei. — A que se rebelou contra os céus. — As referências de Cuza a seus deuses nativos vinham sempre do antigo regime. Aquela era sua forma de zombar de toda a ideia de paraíso e inferno. Ele não acreditava em deuses, não mais do que eu. Como resultado, citava aqueles que tinham sido banidos após a conquista da Grécia sobre a Síria.

Manaém assentiu gentilmente com a cabeça, não muito interessado em minha explicação.

— Também percebi o mesmo, é claro — disse Manaém, referindo-se às multidões descontroladas.

— Sentes-te ofendido por patrulharmos os judeus dessa forma? — perguntou Cuza. — Afinal de contas, és um deles.

— Preferiria que fosse eu a pôr ordem nas ruas em vez de alguém que nada entende deles. — Nosso hóspede era um político sagaz.

— Como sabes, a população da cidade triplica de tamanho durante a Páscoa — disse meu marido. — Podes ajudar, garantindo aos judeus que os romanos querem apenas manter a paz.

Eles estavam à vontade um com o outro de uma forma que eu jamais os vira na presença de Herodes. Conversaram sobre como aliviar o tráfego perto do templo e como limitar as fogueiras aos acampamentos nas cercanias da cidade. Lancei olhares furtivos para os cabelos cor de âmbar de Manaém e para seus olhos verdes.

— Fomos obrigados a parar os reparos nos aquedutos a partir desta manhã — disse Cuza, balançando o resto de vinho em sua taça. — É a pior época possível para isso. Depois de toda a chuva, o emboço fica descascando nos canais. — Todos os anos durante a Páscoa dos hebreus, o que mais incomodava Pilatos era a pausa no trabalho. Ele não tinha escolha.

— Os hebreus não trabalham nos seus dias santos — disse Manaém. — Estou aqui apenas porque é meu dever. Herodes nunca me chamou antes.

— Não adianta fazer pressão quando tantos se recusam a cooperar — disse Cuza. — Quase metade dos homens que estão trabalhando nos aquedutos agora são judeus. Pilatos só aceita essa situação por um único motivo: espera que lhe deem sete dias de paz, em retribuição. Sete dias sem revoltas.

— Suborno — disse Manaém. Homem de opinião, ele certamente não passava despercebido na corte, pensei, enquanto tentava adivinhar qual seria a largura de seus ombros. Quase o dobro da de sua cintura. Corria distraidamente os dedos sobre o punho de couro.

— Tem havido revoltas, deves saber — disse eu, buscando aprovação de meu marido. — Elas começaram antes de tu nasceres, Manaém.

— Uma das piores ocorreu há mais de trinta anos — disse Cuza. — Por mais estranho que pareça, foi em Séforis. — Inclinou-se para a frente no sofá, mais interessado agora que a conversa desbancara para histórias de guerra. — Herodes, o Grande, enviou soldados para inspecionar a cidade, com a insígnia de César cintilando em seus escudos. A lei judaica não aceita reproduções da imagem humana.

— Idolatria — respondeu Manaém.

— Eles apedrejaram os soldados e forçaram sua retirada. No dia seguinte, Herodes mandou quinhentos homens para Séforis. Eles puseram fogo na cidade. Centenas foram mortos. — Empolgado pela conversa sobre estratégia militar, Cuza esticou o braço pela mesa, pegou um punhado de morangos e os pôs na boca.

Manaém continuou a história:

— Não houve mais hebreus em Séforis durante algum tempo, depois desse episódio. Não até Herodes, o Grande, morrer, e seu filho, Herodes Antipas, ser nomeado tetrarca da Galileia.

— Exatamente. Herodes Antipas os trouxe de volta. — Cuza estava encantado com toda a conversa sobre sangue e batalhas. — Ele precisava de trabalhadores para reconstruir a cidade, e eles precisavam de emprego. Por que não trazê-los de volta? Ele mesmo é judeu, embora não siga as tradições. Herodes merece crédito. Com o tempo, a cidade melhorou suas relações com Roma.

Tomando o último gole de vinho, Cuza pôs a taça sobre a mesa. No mesmo momento, colocou mais alguns morangos na boca, olhou para mim e sorriu com ternura.

Ele sabia o que eu estava para dizer e então antecipou a resposta:

— Eles não irão me fazer mal. — Fui sentar-me ao seu lado no sofá. Suas pálpebras caídas me disseram que estava cansado. Persuadi-o a ficar de pé e o conduzi à porta.

— Irei trabalhar no primeiro turno da manhã — disse Manaém, levantando-se em sinal de respeito para com meu marido. Ele era um palmo mais alto do que Cuza.

— Posso ir com ele? — perguntei. Cuza interrompeu nossas passadas cambaleantes e encheu as bochechas de ar para suprimir uma risada.

— Eu sempre quis saber — continuei, empurrando a tigela de morangos para longe, conforme passávamos pela mesa — como fica o templo na época da festa. — Talvez eu visse o curandeiro de Nazaré. Sua mãe devia ter falado com ele sobre mim, conforme prometera.

Cuza passou o braço pelas minhas costas. Seus dedos passaram travessos pela borda da tigela. A vida ao seu lado era um jogo de negociações. Não tentou pegar mais morangos, e, sim, passar pela mesa e aproximar-se de Manaém.

— Uma mulher da corte nunca é bem-vinda dentro dos limites do templo — disse Cuza. — Isso tornará seu trabalho mais difícil.

— Ela ficará bem comigo — rebateu Manaém.

Cuza deu batidinhas no ombro de seu jovem amigo e o sacudiu. Em seguida, voltou para meu lado, passou o braço por trás de mim e pegou os últimos morangos com a mão em concha.

— Ótimo — disse ele, contente por as coisas estarem se resolvendo a contento. — Agora podemos ir todos felizes para a cama.

Na manhã seguinte, Manaém acordou descansado, mas não tranquilo. Seus olhos pareciam aparafusados em sua órbita.

— Vamos passar pelos arredores do acampamento a caminho do templo — informou-me por cima do ombro. Oito guardas armados nos acompanhavam. Cobri meus cabelos com o lenço que colocara dobrado sobre os ombros.

O colete que Manaém escolhera para nossa jornada me preocupou. Couro cravejado de tachas, do tipo usado por caçadores.

— Estás esperando problemas? — perguntei.

— A cautela pode evitá-los.

Quando nos aproximamos do acampamento, ele nos conduziu pela periferia, viajando a uma distância respeitável dos hebreus. Algumas das tendas pelas quais passamos eram feitas de lona e erguidas com precisão, outras eram uma junção oscilante de placas de madeira e cobertores listrados. Nada que não se visse nas aldeias próximas de Séforis.

Diante de uma fogueira, três mulheres alimentavam o fogo da manhã com agulhas de pinheiro e galhos caídos, que as crianças traziam dos arbustos. Dois caldeirões de mingau pendiam de varas de ferro suspensas acima do calor. Uma mulher preparava pão sobre uma pedra grande.

Novos peregrinos chegavam a pé ao acampamento, vindos das colinas ao Norte. Antes mesmo de eu conseguir vê-los, ouvi sua canção:

Bem-aventurados, Senhor, os que habitam em Tua casa:
Louvam-Te perpetuamente.
Bem-aventurado o homem cuja força está em Ti,
em cujo coração se encontram os caminhos aplanados.

Saída da multidão, uma mulher veio correndo para onde estávamos. Pensei que estivesse saindo apressada para avisar aos homens que cuidavam do rebanho ali por perto sobre a chegada de novas pessoas.

No entanto, ela desviou de repente, correu diretamente para mim e cuspiu em meu manto.

— Dá isso ao teu governador Pilatos — rosnou, voltando em disparada para o acampamento.

— Trazei aquela mulher aqui! — ordenou Manaém, a voz dura como ferro.

— Não podemos apenas seguir em frente? — sugeri, limpando o cuspe, sem olhar.

Dois guardas logo alcançaram a mulher e a pegaram como se fosse uma toupeira capturada por uma coruja. Arrastaram-na até Manaém e largaram-na a seus pés. Uma multidão se reuniu para ver o que iria acontecer. Manaém encarou seus olhares hostis.

— Levai-a daqui — disse aos guardas.

A mulher bateu com a testa na terra e soltou um grito de dor, assim que dois homens de nossa escolta amarraram suas mãos com uma corda.

Seguimos em frente.

— Isso não é das piores coisas que acontecem — disse Manaém, os olhos fixos no caminho à nossa frente. — Vários badernaris são presos e soltos após a festa.

Peguei-me defendendo a mulher.

— Ela fez o que muitos deles gostariam de fazer com aqueles que os traíram e seguiram os romanos — disse eu. — Meus pais foram tratados como reis por causa de seu apoio, enquanto nossos parentes perderam tudo.

— Por que teu pai, hebreu de nascença, apoiou os romanos? — perguntou Manaém, impaciente como se estivesse falando com uma criança imbecil.

— Ele dizia que Roma poderia levar nosso país retrógrado para o mundo moderno.

— Estava certo.

— Gostas de ver os romanos no poder?

— Não podemos tirar o progresso do nosso caminho. E os Césares trazem o progresso.

Analisei seu rosto à procura de qualquer indício que pudesse explicar a mistura de raiva e preocupação paternal contida em sua voz. A única coisa clara para mim era o seu conflito de emoções com relação aos romanos.

— Em frente! — gritou. Os soldados se aproximaram por trás de nós e nos seguiram.

Fomos cavalgando em silêncio até o templo. Quando estávamos quase lá, perguntei se poderíamos apear e seguir a pé.

— Perigoso demais — disse Manaém. — Prometi ao teu marido que iria te proteger, e as multidões são imprevisíveis.

Tentei a bajulação:

— Contudo, tu consegues controlá-las — disse eu. Ele não pestanejou.

Quando chegamos ao arco que dava para o pátio dos gentios, finalmente apeamos e pisamos em uma explosão de balbúrdia. Na praça, as bancas dos comerciantes pareciam soterradas por uma horda de clientes barganhando o preço de velas votivas e de placas com afrescos que retratavam as paisagens vistas do templo. Os açougueiros que vendiam ovelhas e bodes em charretes de madeira não conseguiam mover os animais alvoroçados a uma velocidade satisfatória.

Todo o pátio pulsava com vida — peregrinos, pombas engaioladas, cabines de câmbio. O mau cheiro de couro ensanguentado misturava-se aos mais perfumados incensos. Dois pastores passaram por nós com uma carcaça amarrada a um cajado apoiado nos ombros. Os olhos esbugalhados do animal passaram de raspão em meu nariz. Quase vomitei. A tosse que eu vinha contendo irrompeu. Tive de me virar para esconder o acesso de tosse de minha escolta. Meu lenço ficou salpicado de sangue, mas eu estava acostumada a fazer pouco de meus acessos. Bebi água do cantil que trazia preso ao quadril e respirei devagar até finalmente conseguir me recompor.

Tão logo os pastores passaram pela caixa de esmolas, um deles soltou o cajado e enfiou suas moedas pela fenda. Um homem mais velho tropeçou em um animal e caiu. Um indivíduo de aparência duvidosa correu para socorrê-lo e, usando de habilidade, arrancou-lhe a bolsa de moedas do cinto. Ao girar na ponta dos pés, o ladrão ficou cara a cara com Manaém, que o pegou pelo pescoço.

— Vais para a cadeia — rosnou, fazendo sinal para os guardas levarem o ladrão ágil dali. Dei um passo para trás assim que o velho se levantou cambaleante, com a testa suja de sangue. Ele tombou sobre Manaém, que sustentou seu corpo debilitado. Dei outro passo para trás. Pude ouvir as vozes das mulheres rezando em sua área separada do templo. Elas estavam mais perto do que antes.

Um pai severo e seu filho pequeno atravessaram meu caminho arrastando um bode rumo à pedra do açougueiro, no pátio dos homens. Seus lábios se moviam em perfeita harmonia enquanto recitavam as bênçãos. Dei outro passo para trás para lhes ceder passagem.

— Espera aqui — ordenou Manaém, desviando-se do bode sem tirar os olhos de mim.

Um sacerdote descalço, salpicado de sangue, passou correndo pela praça. Em sua corrida para o santuário, chutou um jarro de óleo que alguém havia deixado para trás. Assustado, um menino deixou cair sua vela acesa. A chama ateou fogo ao óleo.

As pessoas se dispersaram.

Corri para o final do grande pátio e me enfiei na área reservada às mulheres. Os homens não podiam entrar lá, tampouco Manaém poderia me encontrar. Cabeças veladas viraram-se para mim para ver quem perturbava suas orações. Mantive o rosto escondido e fui para os fundos. Comecei a imitar o movimento das outras mulheres. Elas pareciam dançarinas, curvando-se até o chão e esticando-se para o céu.

Poderia a oração me curar?, perguntei-me.

O perfume de sândalo inundou meu nariz e me deixou tonta. Uma coceira em minha garganta recusou-se a cessar. Respirei pausadamente, tentando me acalmar. Aos poucos, fui voltando ao normal. As vozes das mulheres à minha volta, entoando suas orações, acalentaram-me como se eu fosse uma criança caindo no sono.

Mais em paz do que há muito tempo, relaxei e escutei. Foi quando ouvi uma voz diferente. Era forte e alta o bastante para derrubar as paredes do templo; ainda assim, pareceu-me familiar. Perguntei-me se viria de algum lugar de dentro de mim. Ouvi meu nome: "Joana."

Examinei o céu à procura de trovões, mas tudo o que vi foram nuvens brancas e passantes.

A voz retumbante preencheu-me como o repicar de um sino. Alguma força maior do que o Monte Sinai chamou-me novamente:

— Joana.

— O deus de meus ancestrais — disse eu. Não sei explicar como sabia de quem se tratava.

— Socorro! — gritei. — Não quero morrer!

Senti duas mãos pesadas baterem em meus ombros. As mulheres tinham terminado suas orações e saído do pátio sem que eu tivesse percebido. Manaém estava ao meu lado, empurrando-me para o pátio principal. Encarando-me com raiva, apertou meu braço e conduziu-me rapidamente para fora do local proibido a todos os homens. Seu constrangimento o deixou ainda mais furioso.

— Puseste a ti e aos meus homens em perigo. — Trincou os dentes com tanta força que eles devem ter rachado.

— Eu precisava ver com os meus próprios olhos. Tu não terias permitido.

— Isso não é uma disputa de caprichos! — gritou. — Não posso te proteger se não seguires as regras.

Seus ombros foram relaxando e voltando à posição normal.

— Quando teu marido souber, não vai gostar nada disso.

❀ CAPÍTULO QUATRO

Então, ela falou [...]: "Fazei tudo o que ele vos disser."

João 2:5

Encolhida em minha cama, sozinha e confusa, mergulhei em sono profundo. De um lugar próximo à janela, um vulto estreito aproximava-se de mim. Trazia um estojo de médico. Um dos médicos de Cuza, supus. Dobrando a manga de sua túnica, ele descobriu seus dedos longos e pressionou-os contra minha face. A sensação de calor demorou-se como uma bênção. Pôs a mão sobre mim, mão tão graúda que formou um colar em torno de meu pescoço. Seu toque me libertou de minha respiração penosa. Julguei conhecê-lo, mas não podia me lembrar de onde. Ao abrir os olhos, esperei vê-lo ao meu lado. Ele havia ido embora.

— Cuza! — chamei com a voz pesada de sono e saí de cômodo em cômodo à procura de meu marido, até perceber que já era meio-dia e ele não estava em casa. Otávia preparou-me um banho com camomila, no qual imergi até ouvir Cuza chegando pelo corredor. As sandálias grossas de couro amorteciam seus passos pesados. Vestindo-me rapidamente, encontrei-o assim que entrou em meus aposentos.

— Manaém me contou o que aconteceu hoje de manhã — disse. Estava sério e distante.

— Nós nos perdemos um do outro no templo.

— Perderam-se? Tu fugiste dele, Joana, sabias que era perigoso.

— Algo aconteceu comigo, Cuza.

— Podias ter causado uma revolta. Puseste meus homens em perigo.

Apoiando-me na janela atrás de mim, deslizei os dedos pelo peitoril como uma mulher cega tateando seu caminho.

— Eu queria rezar.

— Prometeste ficar do lado de Manaém.

— Eu sabia que estava segura.

— Joana.

O desapontamento de Cuza abalou minha confiança.

— O que Pilatos dirá? — murmurou. — E, é claro, Herodes ficará sabendo, se é que já não sabe.

— Alguém chamou meu nome. Ouvi uma voz.

— Manaém é um dos nossos melhores homens. Ele poderia ter sido assassinado por aquela multidão.

O som de um objeto pesado caindo em uma superfície dura veio do quarto ao lado. Cuza precipitou-se naquela direção. Era Otávia, em minha escrivaninha, limpando vidros de tinta e penas.

— Pode ir agora — disse-lhe eu. Ela saiu apressada sem tentar se explicar. — Esqueci que estava aqui. Confio em Otávia, ela é muito leal.

Meu marido olhou para fora, para o outro lado do pátio, para o telhado que cobria os aposentos onde Herodes ficava quando estava em Jerusalém. No aclive da próxima colina ficava a vila de Pilatos. A reputação e a honra de Cuza dependiam da certeza daqueles homens de que ele era um líder inato. Vi minhas ações em seus olhos. Elas eram indesculpáveis; ainda assim, tentei me explicar mais uma vez.

— Deus chamou meu nome esta manhã — confidenciei-lhe.

— Ninguém vai acreditar — respondeu Cuza. — Deus é uma obrigação social, não alguém que fala com as pessoas.

— Não precisamos contar a ninguém.

— Depois do espetáculo que deste hoje de manhã? Todos em Jerusalém já sabem. — As mãos pesadas de Cuza desferindo golpes curtos no ar eram um indício de que ele estava tão furioso quanto eu jamais o vira.

— Talvez ninguém comente — falei com a voz lacrimosa, na esperança de ganhar seu perdão.

— É para isso que servem os espiões.

Aquilo não estava ajudando em nada, e Cuza nem sequer estava ouvindo.

— Preciso me deitar — disse eu. Meu marido me deixou sozinha.

De todas as ideias que surgiram enquanto fiquei só, apenas uma me trouxe conforto. Chamei Otávia e pedi a ela que encontrasse Phineas, meu cocheiro. Ele entrou em minha sala de estar, curvando-se ligeiramente em saudação.

— Vais para Nazaré amanhã de manhã — dei-lhe as instruções. Era uma longa viagem. Ele ficaria fora por pelo menos sete dias; ainda assim, meu bom criado não pestanejou.

— Não digas a ninguém nesta casa aonde estás indo. Quando chegares em Nazaré, encontra a mãe do curandeiro e pergunta se poderei visitá-la daqui a doze dias. — Peguei um jarro de pedra com água de rosas de minha penteadeira e entreguei a ele como um presente para Maria.

* * *

No dia seguinte, Pilatos e sua esposa nos convidaram para ir ao palácio do governo celebrar o fim da festa judaica. Cuza acompanhou-me até os aposentos das mulheres, em seu caminho para se unir aos homens. De todas as mulheres da corte, a esposa de Pilatos, Cláudia Prócula, era a única de quem sempre gostei. Por alguma razão, ela também logo simpatizou comigo. Acredito que tenha sido porque podíamos conversar durante horas sobre nossos astrólogos e sobre a empolgação da sorte e do acaso.

Eu acreditava que os milagreiros eram minha maior esperança para pôr fim à minha doença. Era apenas uma questão de encontrar a pessoa certa. Quanto a Cláudia, as pressões do alto cargo de seu marido davam a ela razões infinitas para buscar o aconselhamento de videntes.

Em seus aposentos arejados no segundo piso do palácio, Cláudia cumprimentava as convidadas, uma a uma. Embora corpulenta, era dotada de uma graça incomum equilibrando suas curvas generosas em cima de sapatos delicados. Dispensava-nos grande atenção, passando tigelas de ameixas secas e pães trançados com amêndoas. Eu logo os reconheci como uma antiga receita caseira. Córdoba, não é? Jamais estive em uma festa no palácio do governo em que não servissem pães com amêndoas.

Quando atravessei a sala, comecei a notar que as outras mulheres estavam me observando. Ao passar pela mesa das sobremesas, percebi que três delas cobriram o rosto para esconder suas risadas. Eu sabia que riam de mim.

Uma mulher mais velha, sozinha em um canto, balançava a cabeça ao som de uma harpa. Passei por ela, que arregalou exageradamente os olhos para ter certeza de que eu a notara, antes de se virar e me dar as costas. Encolhi-me no sofá mais próximo, um estofado vermelho vibrante com listras douradas. Cláudia aproximou-se, falando sem parar.

— Joana — dirigiu-se a mim —, minha amiga querida.

Sorri, esforçando-me para entender minha anfitriã, que proferia cada palavra entre beijos e trinados.

— Eu estava à tua espera. — Esticou as mãos, mas logo as recolheu em um estranho cumprimento pela metade. Há tempos eu havia aprendido a aceitar esse tipo de comportamento sem reagir. Há pessoas que se recusam a ficar no mesmo aposento onde se encontra alguém acometido por tuberculose. Alguns médicos não tratam de nós por medo de se contaminarem.

— Conta-me tudo — insistiu. — Estou ansiosa.

Um suor inflamado começou a brotar em meu rosto.

— Na verdade, não há nada para contar — comecei a falar, batendo levemente com um lenço em meu pescoço. Às vezes, minha doença causava rompantes de calor que me deixavam nessa situação embaraçosa de suor.

Todos na sala pareciam estar nos observando. Algumas das devotas ali presentes certamente tinham estado no pátio das mulheres e presenciado minha saída humilhante. Cláudia fora a única que ousara perguntar.

— Eu gostaria de ter a coragem de fazer o que fizeste ontem de manhã — disse ela, encantada comigo. — Estou sempre tentando encontrar meios de atrair homens bonitos. Ser resgatada por Manaém! Como foi?

— Não sei como descrever — disse eu. Minha anfitriã era uma mulher que se alimentava de fofoca e de escândalo. Eu não estava disposta a me oferecer como sua próxima refeição.

— Não sejas tímida — tentou persuadir-me. — Meu astrólogo já me contou. — Seus olhos ficaram arregalados como orbes. — Vossa Magnificência, senhor Dário, previu isso. Uma mulher do Norte, alguém que eu conhecia, viria a Jerusalém. E um deus a raptaria. — Empolgada, falou mais rápido: — Quando ouvi falar de tua aventura no templo judeu, sabia que a mulher tinha de ser tu.

— Não, não foi assim — respondi, tentando acalmá-la. — Acho que ouvi uma voz; foi apenas isso.

— É claro que ouviste — interrompeu ela. — Querida Joana, o deus dos judeus é muito poderoso. O que ele disse? Deve ter te dito alguma coisa.

Silenciosa e sorridente, olhei para ela, mas não respondi. Por fim, ela pareceu entender que eu não iria dizer nada mais sobre o assunto. Piscando os olhos, Cláudia estendeu a mão até um prato de bolos com especiarias e afundou os dentes curtos e afiados em uma fatia. Devo ter deixado escapar um suspiro quando me recostei no sofá.

Ela tornou a se curvar em minha direção.

— Sei que andas com a saúde frágil, Joana. Espero que não te importes por eu falar.

Sua honestidade me pegou de surpresa. Ninguém fala da doença do outro em público.

— Conheço um grego em Jerusalém — continuou ela. — Ele usa óleo de peixe para tratar todos os tipos de problema. Deve ter um gosto horrível, mas tenho visto resultados. Posso te apresentar a ele.

— É muita gentileza tua. — Eu não queria ofendê-la, rejeitando-a duas vezes em uma tarde.

— Apolo. Já ouviste falar dele? — Baixou os cílios longos e espessos sugerindo segredo. — Eu costumava sofrer de uma insônia terrível — contou-me. — Ele me deu este amuleto que uso o tempo todo. — Abrindo o cós de seu vestido, mostrou-me uma ampola com estilhaços do que parecia ser um osso amarrado a um cordão apertado em sua cintura.

Pensei em Maria e em sua promessa de falar com o filho por mim.

— Há um homem na Galileia — disse eu. — Ele cura até doenças irreversíveis. A mãe dele é minha prima.

— Talvez eu devesse vê-lo. — Cláudia aproximou-se mais. Em nome da fofoca, estava disposta a comprometer sua distância de segurança.

— Na verdade, eu mesma ainda não o vi — disse eu. — Não ainda.

— Qual o nome dele? — Ela estava bem ao meu lado agora.

— Jesus.

Cláudia franziu a testa.

— Pensei que conhecesse todos. Nunca ouvi falar dele.

— Ele mora em Cafarnaum e anda pelas cidades do Norte. Vem realizando milagres há alguns meses. Multidões o seguem, mas ele ainda não é muito conhecido fora da Galileia. Quando chegar a hora, eu te falarei sobre ele. — Presunção minha. Em nenhum momento Maria dissera que iria me apresentar ao seu filho, apenas que falaria com ele sobre mim.

— Sempre gostei de ti — disse Cláudia, alegremente. — Somos parecidas. Tu tens... como posso explicar? Um gosto pelo sobrenatural.

Sorri sem responder.

— Talvez, quando voltar a Jerusalém, venhas me ver novamente. — Não insistiu no convite, mas a cordialidade mandava que eu aceitasse. Melhor uma amiga na corte do que uma inimiga.

Cuza veio ao meu encontro. Queria trocar mais uma palavra com o governador, na saída. Aguardei junto com os criados, observando Pilatos mergulhado em seu trono sólido. Mesmo de longe, eu podia ver sua cabeça escura cheia de ideias sedutoras como sempre.

Imaginei que Cuza estivesse lhe contando sobre a colheita das frutas cítricas na Galileia. Meu marido e eu voltaríamos para Séforis na manhã seguinte, de forma que ele poderia passar os dias no campo com os agricultores e as noites em sua própria cama.

Amarrei minha capa por cima dos ombros, sugerindo que nossa visita logo chegasse ao fim, mas Pilatos não estava disposto a nos deixar partir. Como um lobo salivando diante de um pássaro capturado, fez um gesto para que Cuza me levasse até ele. Pobre Cláudia Prócula, pensei. Como vive com um homem tão desagradável?

Cuza não me fez nenhuma recomendação ao nos aproximarmos do trono. Pilatos mal tomou conhecimento de minha presença, falou apenas com meu marido, dizendo-lhe que se havia encontrado com Manaém naquela manhã. Cuza aquiesceu com a cabeça; nem uma ruga de preocupação se formou em seu rosto.

— Ele me disse que houve um problema nos recintos do templo, tenho certeza de que estás ciente — disse Pilatos, franzindo o rosto graúdo para mim. Eu sorri, talvez um pouco demais. Cuza baixou os olhos, um gesto familiar que me silenciou.

— Ah, minha cara, soube que te perdeste — disse Pilatos, com uma mistura de simpatia e aborrecimento. — O que estavas fazendo no templo? Tua família abandonou esses costumes há muitos anos.

— Eu nunca havia visto a festa. — Temendo-o, minha voz se reduziu a um murmúrio.

Pilatos espichou uma orelha cabeluda para mim.

— Eu só queria ver — falei alto. — Sinto muito se causei problemas.

O governador girou sua cabeça graúda para Cuza.

— Tua esposa mostra uma curiosidade fora do comum — disse ele.

— Eu mesmo também tenho curiosidade com relação aos judeus. Devíamos conhecer nossos inimigos. Mas não à custa da segurança.

— Isso não vai acontecer novamente, governador — prometeu-lhe Cuza.

Pilatos apertou o ombro de meu marido contra o seu, em sinal de confiança, mas não voltou a olhar para mim.

A longa jornada de volta a Séforis pareceu ainda mais longa por Cuza se recusar a falar comigo. Ele estava concentrado em suas estratégias para organizar os agricultores e contar a safra. Sentada de frente para ele, observei-o trincar os dentes como se estivesse mastigando as próprias ideias. Sua distância proposital me deixou arrasada. Endireitei as pétalas do colar de ouro que estava usando naquele dia. Elas nunca ficavam ajustadas, mesmo após três idas ao joalheiro.

— Manaém nos traiu — explodi em meio ao silêncio opressor.

— Ele precisava dizer alguma coisa — respondeu Cuza, sem levantar os olhos. — Se Pilatos descobrisse de outra forma, nós dois estaríamos em apuros.

— Não gosto dele.

— Manaém é um homem honrado.

— Ele poderia, ao menos, ter te avisado.

— E avisou, estive com ele esta tarde.

— Por que não me contaste?

— Demonstras melhor o teu arrependimento quando não o ensaias. Eu já esperava que Pilatos indagasse sobre o episódio no templo.

Voltamos ao nosso silêncio e não falamos de novo até chegarmos a Séforis. A casa recendia a folhas de limão, que se erguiam de seus vasos de pedra. Cuza inspirou o perfume reconfortante, e o tremor involuntário e persistente acima de seu olho cessou.

Eu estava me preparando para deixá-lo sozinho após o jantar quando ele se esforçou para fazer as pazes.

— Vamos deixar isso para lá — propôs.

— Sinto muito. — Foi um pedido sincero de desculpas, e ele sabia.

— Tudo acabou bem.

— Eu não queria te causar problemas.

— Eu sei — tranquilizou-me.

Nos dias que se seguiram, dediquei-me com empenho ao cuidado da casa, determinada a agradar meu marido. Pus os criados em atividade até que todas as colchas e cortinas foram retiradas e levadas para o terraço dos fundos. Toalhas de mesa, panos de prato, combinações, túnicas, lençóis, roupões de meu marido — tudo foi empilhado como ninhos de cupim feitos de algodão, seda e linho.

Foram necessários vários dias para pôr tantas peças de molho nos dois tonéis imensos de madeira cheios de água quente que havíamos preparado. Esfregados e enxaguados duas vezes, cada item lavável da casa recebeu atenção. O pátio dos fundos parecia o atelier de um estofador. Roupas de cama e mesa secavam ao sol. Fiquei descalça o tempo todo, grata por poder caminhar sobre as pedras lisas do chão após os excessos da vida palaciana.

Na nossa terceira noite em Séforis, meu marido disse que passaria a noite seguinte no campo, com os agricultores. Era algo que costumava fazer durante a colheita, mostrar aos homens que ele não estava acima do trabalho braçal.

— Eu gostaria de ir a Nazaré — disse eu. — Conheci uma mulher de lá. Ela é minha prima.

— Não me falaste dela.

— Foi antes da nossa viagem a Jerusalém. O nome dela é Maria.

Descrevi nossas relações familiares, uma história não tão incomum. A Judeia, governada há séculos por invasores estrangeiros, tinha poucas famílias que não se haviam desintegrado. Irmãos tinham se voltado uns contra os outros. Filhos tinham abandonado os pais.

— Esteja em casa antes do anoitecer — alertou-me Cuza. — Não precisamos de mais nenhuma emoção.

Na manhã seguinte, minha carruagem sacolejava pelas ruas da cidade, passando pela ponte, onde ambulantes tentavam empurrar suas bugigangas para mim. Em outra época, eu teria ficado tentada por seus amuletos de bronze que prometiam curar feridas nos pés, dores de dente e acessos de espirro. Naquela manhã, tudo o que eu desejava era ver Maria.

Otávia dispensava atenção exagerada aos meus travesseiros, perguntando-me se eu já estava suficientemente confortável, até que afastei suas mãos e ela se pôs a trabalhar em suas costuras reforçando a prata em um dos mantos de noite de meu marido.

A estrada sinuosa para Nazaré estava vazia até o momento em que nos deparamos com os trabalhadores que consertavam o aqueduto. Finalmente, eles estavam retornando ao trabalho após os atrasos por causa da Páscoa. Cinco homens sobre um andaime levantavam pedras enormes para substituir aquelas que haviam sido arrancadas pela chuva.

Phineas reduziu a velocidade até quase parar. Ele sempre ficava fascinado pela eficiência de tantas cordas e roldanas, baldes e placas em movimento. As cargas pesadas dos trabalhadores balançavam e resvalavam.

Otávia deixou escapar um resmungo de reprovação e olhou para Phineas, no assento de cocheiro logo à nossa frente, como se para sugerir que eu lhe fizesse sinal para se apressar. Peguei meu bloco e fiz uma anotação. *Açougueiro: corte de carne para dez.*

Uma pancada abafada chamou minha atenção. Virando-me para onde vinha o barulho, vi uma pedra enorme desprender-se do arco decadente e despedaçar-se no chão. Dois homens no alto do andaime perderam o equilíbrio e caíram. Assisti boquiaberta quando um deles caiu sobre as rodas de ferro dentadas que movimentavam a roldana e foi perfurado por seus dentes afiados. Curvei-me sobre a lateral da carruagem e vomitei.

— Agora é que nunca vamos passar — resmungou Otávia, que não havia visto o homem cair nem o meu súbito enjoo.

— Precisamos ajudá-los — disse eu, sem saber ao certo o que fazer.

A expressão de Otávia sugeria que estava em dúvida se havia me ouvido bem. Chamei Phineas. Ele parou os cavalos, desceu de seu posto e logo surgiu ao meu lado.

— Vai e pergunta se podemos fazer alguma coisa.

Ele me olhou duas vezes para ter certeza de que tinha entendido. Ao contrário de Otávia, jamais pensaria em questionar uma ordem. Voltou pedindo ataduras. Otávia entregou-lhe uma caixa que ficava debaixo do banco.

Abri a aldrava e me preparei para descer.

— Tens certeza? — questionou Otávia.

A advertência de meu marido veio-me à mente. Sem mais emoções. Fechei a porta e aguardei. Phineas retornou mais uma vez.

— Um deles está morto — anunciou. — Os outros parecem estar bem.

O contramestre aproximou-se, acenando para prosseguirmos. Uma faixa púrpura na bainha de sua túnica explicava sua atenção. Um homem de escalão mais alto, com pelo menos duas faixas na túnica, tinha-o enviado. Nosso acompanhante nos conduziu para além do acidente e seguimos nosso caminho. Otávia enrolou a costura entre os dedos, preparando-se para algum tipo de diálogo.

— Se me permites — começou ela.

Fiquei quieta, esperando por mais.

— É perigoso uma mulher parar para socorrer desconhecidos. — Não parecia estar me recriminando, e sim curiosa com relação às minhas ações.

— E se um de meus criados sofresse um acidente na estrada? — indaguei-lhe. — Tu não gostarias que alguém parasse para ajudar?

— Aconteceu alguma coisa contigo no templo de Jerusalém? — perguntou ela.

— Não — respondi.

Maria, minha prima, seria a única para quem eu falaria sobre minha manhã no templo. Sem ela para me explicar o ocorrido, eu não teria palavras para aquele encontro misterioso. Embora eu ainda não soubesse o significado, tinha certeza do que ouvira no pátio das mulheres. Transbordando de entusiasmo e gratidão, eu queria fazer o bem por outra pessoa. Foi esta a razão de ter parado por causa dos trabalhadores. No entanto, tudo isso era mais do que eu poderia explicar à minha camareira. Olhei para fora da janela até ela retornar à costura.

Olhando de baixo, a encosta escavada de Nazaré lembrava uma colmeia de abelhas. Algumas das grutas tinham cabanas à frente, como um espaço extra para moradia. Deslocamo-nos devagar ao longo das vias em ziguezague que haviam sido aplainadas pelos pastores de bodes.

A carruagem era larga demais para passar pelas ruas estreitas da cidade. Antes de a deixarmos na cocheira, sobrecarreguei Phineas com sacos e jarros até ele ficar cheirando à cevada, ao bacalhau seco e ao óleo de palmeira que levava. Otávia colocou uma cesta de maçãs sobre os ombros. Os aldeões nos observaram desconfiados. Éramos estranhos, indignos de confiança.

Reconheci a pequena vila de Maria por causa da placa acima do portão. Um nível de carpinteiro anunciava o negócio da família. Entramos no pátio. Phineas foi até a porta de minha prima e bateu. Ela a abriu com tanta rapidez que sentimos uma lufada de ar. Com passos rápidos, ela saiu e sacudiu a farinha de seu vestido com o vigor de uma jovem. Seu lenço comprido não conseguia segurar as mechas espessas e escuras que lhe caíam sobre a testa. Senti cheiro de bolo com especiarias.

— Joana, entra — disse ela, abrindo os braços para mim.

Segui-a como uma criança curiosa.

Ela cumprimentou meus criados como se eles também fossem convidados. Sentei-me no pequeno sofá de alvenaria que ela me indicou. Eles ficaram perto da porta. Maria ofereceu-me uma caneca de água morna aromatizada com frutas cítricas e mel, oferecendo o mesmo aos meus criados. Fiz sinal para que eles aceitassem, embora eu estivesse tão confusa com a gentileza quanto eles. Beberam rapidamente, sem sair de seus lugares. Quando terminaram, pedi que me esperassem na hospedaria no lado norte da cidade, conforme havíamos combinado.

Maria foi para sua mesa de trabalho, onde havia um amontoado de tigelas de barro, uma jarra de óleo, um saco de farinha e pequenos saquinhos de linho contendo especiarias caras. Imaginei se os teria ganhado de presente. Eles eram uma extravagância em uma casa modesta como aquela.

Ela me ofereceu uma prova de um de seus bolos e começou a embalar o outro em folhas de figo.

— Meu cunhado gosta destes — disse ela, como se eu conhecesse sua família. Eu sabia apenas que seu marido fora carpinteiro e construtor e que tinha morrido havia vários anos. E, é claro, sabia de seu filho extraordinário.

Passei para um banquinho de madeira perto de sua mesa. A bebida morna acalmou minha garganta arranhada.

— Meus criados não estão acostumados a serem recebidos como visitas — disse eu, deixando transparecer certo embaraço.

Ela se pôs a espanar a mesa com um pequeno galho de pinheiro.

— Uma vez, fomos escravos no Egito — disse ela. — Agora é a nossa vez de sermos cordiais com os de fora.

Meus cabelos exalavam perfume de óleo de amêndoa que ameaçava a nos sufocar. Quando levantei a mão para tirar os brincos caros de ouro, os pingentes de minha pulseira chacoalharam como sininhos.

Maria não deu atenção. Admirava o saco cheio de cevada e o jarro de barro.

— És muito generosa — disse-me.

— Temos mais do que o suficiente em casa. — Lágrimas brotaram de súbito em meus olhos. — A abundância nem sempre traz a paz — balbuciei. O sentimento de fraqueza causado pela doença se apoderou de mim.

Maria continuou a limpar a mesa, em silêncio. Quando voltou a falar, no início, parecia ter mudado de assunto.

— Meu pai tinha pomares e campos de trigo. Quando nasci, ele ofereceu vinte ovelhas no templo. Ele só queria filhos, não uma filha. Sei que os ricos também podem sofrer.

Encorajei-a a falar e ouvi quando me contou sobre os anos de nossa juventude. Imaginei a vida que teríamos tido como primas se isso me tivesse sido permitido.

— Minha mãe te admirava — disse eu. — Ela me contou como fostes boa com os teus pais quando eles ficaram velhos. Eu gostaria de ter te conhecido naquela época.

— Quando eu ainda era jovem, tudo mudou para minha família — contou-me Maria. — Meu pai perdeu suas terras para Herodes. Trocamos Séforis por Nazaré, e ele pareceu envelhecer da noite para o dia.

— Meu pai separou minha família da tua — continuei. Agora eu percebia como isso me incomodava. — Seguimos os romanos e consideramos nossos parentes inimigos. — Uma sensação de perda foi crescendo dentro de mim à medida que eu a ouvia. Eu poderia ter sido educada como ela, de acordo com os costumes sagrados.

As histórias de Maria sobre sua infância me alimentaram da fantasia de como eu poderia ter sido. Ela estava com doze anos quando sua família saiu de Séforis, e eu, com três. Seu pai se recusara a viver calado sob a dominação romana. O meu fez amizade com nossos opressores e disse que somente os judeus rebeldes lutavam contra as leis de César. Ele os chamava de "judeus", da mesma forma que os romanos, não de "hebreus" como eles se referiam a si mesmos. Meu pai evitou me olhar nos olhos quando me contou tais coisas. Eu sabia que ele se envergonhava.

Minha prima pôs seu presente em uma pequena cesta e dirigiu-se à porta.

— Quero entregá-lo enquanto ainda está quente. — No lado de fora, pareceu-me mais alta do que antes. Não exatamente mais alta. Movia-se com requinte, como uma mulher de boa família, que vive feliz entre os aldeões.

Duas garotinhas ao sol, torcendo pelos de ovelha até transformá-los em fios, correram para Maria e puxaram sua cesta, ávidas por ajudá-la. Ela beijou as duas e deixou que tomassem a cesta de suas mãos.

O pátio era sombreado por uma lona gasta. Casas pequeninas se alinhavam aos muros, cada uma com um cômodo mobiliado no telhado. Assim que atravessamos o pátio, passando pela pira central e pelo pequeno forno arredondado que ficava ao seu lado, um homem com um manto negro passou pelo portão. Olhando em sua direção, Maria curvou-se e ajeitou as tranças das meninas.

— Levai a cesta para vosso avô — disse ela, apontando para uma das maiores casas, onde crescia um cacto em uma pequena faixa de areia junto à porta.

Maria tornou a olhar para o homem que se aproximava, mas não esperou para cumprimentá-lo. Pude deduzir, pelo seu traje, que era um homem de autoridade. Um ancião do templo, imaginei.

— Diz-me — perguntou Maria, ao voltarmos para sua casa —, viste meu filho?

— Vim para te perguntar sobre isso — respondi. — Eu gostaria de falar com ele.

Ela olhava para o chão enquanto prosseguíamos, com uma expressão bondosa no rosto.

— Falei com ele sobre ti. Talvez nos encontremos esta tarde. Às vezes, ele vem para casa para o sabá.

Entramos na casa, ainda ignorando o homem de manto escuro que vinha em nossa direção. Maria começou a guardar as especiarias na prateleira. Observei-a de meu banquinho, imaginando o que eu faria se o curandeiro entrasse na sala.

Uma rápida batida na porta acelerou meu coração.

— Uma bênção em tua casa — chamou uma voz. Era grossa e forte.

Maria foi atender ao visitante. Ele tinha um físico canhestro, pernas curtas e peito proeminente como o de um corvo. Seu manto adornado por borlas arrastava no chão empoeirado.

Ele se curvou diante de mim, quando fomos apresentados.

— Efraim, filho de Benjamim — apresentou-nos Maria. — Esta é minha prima Joana, filha de Abias. — Ofereceu-lhe um lugar no sofá e encheu sua caneca. Ele mal conseguia segurá-la com seus dedos grossos.

— Eu não sabia que tinhas uma prima na corte de Herodes Antipas.

— Efraim forçou um sorriso.

— Ficamos separadas durante muitos anos — disse Maria. — O tempo nos uniu novamente. — Foi cautelosa com aquele homem e respondeu-lhe com poucas palavras.

— Teu filho, Jesus. Ele está bem? — A voz grossa traía grande preocupação.

— Não o vejo com a frequência de que gostaria. — Maria tirou algumas tâmaras de um jarro com tampa e as pôs em uma tigela ao lado de Efraim.

— As pessoas me dizem que ele faz milagres. Um número grande de aleijados o segue aonde quer que vá. Isso agrada à sua mãe?

— Rezo para que ele sempre faça o que agrada ao seu Criador — disse ela, alerta quanto a um possível perigo, assim me pareceu. Efraim balançou a cabeça em aprovação.

— Nossas famílias fazem oferendas juntas no templo desde a época em que teu pai trouxe a ti e tua mãe para Nazaré — continuou ele. Sua testa era tão roliça quanto uma azeitona; as rugas típicas de um fazendeiro não lhe marcavam o rosto. Era um homem com instrução.

— É uma honra te receber em minha casa — disse Maria, mantendo-se firme, porém sem desafiá-lo.

— Uma mulher que perde o marido precisa de alguém para conversar — continuou ele. — Nem sempre é fácil para ela entender o mundo.

— Fico feliz com tua generosidade. — Efraim virou-se para ela, como se para me excluir.

— Teu filho — disse ele, fazendo pausa para tomar fôlego. — Ele cura até mesmo no sabá.

— Ainda não vi isso com meus próprios olhos.

— A lei nos ensina que o sabá é o dia em que não devemos nos envolver com trabalho; apenas rezar ao Todo-Poderoso.

Efraim levantou-se e aproximou-se da porta, ao mesmo tempo em que abria o braço convidando minha prima a se aproximar. Baixando a voz, virou as costas para mim.

— Levantei o assunto por pura preocupação contigo — disse ele. — Um bom filho zela pela reputação da mãe. — Esforcei-me para ouvir o que ele dizia e de fato consegui, embora pouco.

— Deste aulas para meu filho quando ele era um menino — disse Maria. — Sabes como ele reverencia a antiga fé.

Efraim prestou atenção aos seus lábios apertados e à sua testa franzida. Uma avaliação ostensiva que surtiu o estranho efeito de tranquilizar minha prima. Ela ficou serena e confiante. Efraim balançou a cabeça, paciente como um pai fazendo as vontades de uma filha desorientada.

— Que a paz esteja com vossa família — disse ao sair.

Pela porta da frente, as primeiras sombras do entardecer estendiam-se pela sala. Maria começou a pôr a mesa com peixe, pão e purê de ervas para a refeição do sabá. Com que frequência, imaginei, alguém como Efraim vinha questioná-la sobre seu filho?

— Achas que Jesus está certo ao passar seu tempo com os doentes? — perguntei. Eu estava doente, afinal de contas. E impura de acordo com os padrões de seu povo. Talvez ela temesse que eu estivesse possuída por um demônio.

— Peço ao Todo-Poderoso que o proteja.

O som do chofar anunciou o pôr do sol. Levantei-me e puxei meu manto para perto do corpo. Não havia tempo para conversa.

— Escutei uma voz no templo em Jerusalém — disse eu. — Acreditas que isso seja possível?

— Diz-me o que escutaste — Maria parou o que estava fazendo e ouviu-me atentamente. Aproximando-me dela, contei-lhe tudo do que me recordava.

— Se foi o Deus dos hebreus, Ele não falaria novamente comigo para que eu pudesse ter certeza?

Ela me olhou nos olhos e fez uma pausa para se certificar de que agora eu a estava ouvindo.

— Estás esperando que Ele chame teu nome uma segunda vez para que possas ter certeza? — perguntou-me. — Há outros que também ouviram esse chamado. E, se responderam "sim", a vida deles nunca mais foi a mesma.

Um arrepio repentino percorreu meus braços. Então era verdade. O Deus dos ancestrais de Maria, meus ancestrais, sabia meu nome.

Comecei a fechar meu broche. Ela se aproximou para me ajudar com minhas mãos subitamente atrapalhadas.

— Prometi estar em casa antes do anoitecer — disse eu, para disfarçar minha pressa. Eu precisava ficar sozinha para tentar entender as palavras de minha prima.

— Surgirão outras oportunidades — disse Maria. — Não tenho certeza se meu filho estará conosco esta noite.

— Achas que minha vida será diferente agora, por causa do que me aconteceu no templo? — perguntei.

— Vamos ver — respondeu ela, abraçando-me antes de eu deixá-la. — Talvez o Todo-Poderoso tenha planos para ti.

Não estávamos muito longe de Nazaré, quando uma nuvem de poeira na estrada indicou a presença de viajantes vindo na nossa direção. Phineas parou a carruagem para deixá-los passar. Um grupo de homens virou na curva.

Jesus estava caminhando com eles. Reconheci-o pela altura — era mais alto do que a maioria dos outros. Seus ombros estavam ligeiramente encolhidos, como se alguma parte dele ansiasse pela solidão.

Ele ainda estava a uma boa distância de mim quando sussurrei o que posso apenas descrever como uma oração:

— Ajuda-me. — As palavras saíram do fundo de meu coração. Eu não tinha dúvida de que aquele homem poderia me curar. Ele estava cheio do poder de Deus.

— Ajuda-me, por favor, estou doente.

Jesus ergueu o queixo em um gesto que me fez lembrar de sua mãe. Perguntou quem o havia chamado. Os outros não sabiam.

— Homem de Deus, cura-me.

Ele se virou, mais seguro agora, e olhou para onde eu estava. Levantou dois dedos sobre minha cabeça e moveu os lábios. Meu peito começou a enrugar e a ondular como a vela de um barco ao vento. Minha pele ficou arrepiada. Um grande calor percorreu meu peito e meus braços, passando pelos dedos. Tombei, certa de que iria morrer.

Otávia saiu correndo da carruagem e retornou logo, ofegante.

— O curandeiro disse para levar-te para casa; tu precisas de repouso. — Passamos por ele na estrada, assim que Phineas conduziu os cavalos a galope para Séforis. Tentei chamá-lo, mas não tinha voz. Acredito que ele tenha me entendido.

CAPÍTULO CINCO

Disse-lhes Jesus uma parábola [...].

Lucas 18:1

Passei a noite tossindo e expectorando. Encharcada em minhas próprias mucosas, murmurando palavras sem sentido, tenho certeza de que aterrorizei os criados. Otávia precipitou-se para seu quarto, pegou o que lhe restava dos penachos da ponta do rabo de uma vaca, que vinha economizando para as emergências, e os colocou em seu altar para Hera, implorando à protetora das boas esposas que cuidasse de mim. Phineas correu para o pomar de cítrus, encontrou Cuza e o trouxe para casa.

Ou assim me disseram. Desde que deixara Nazaré, eu não estava inteiramente neste mundo. Em meu torpor, eu me arrastava por cima de pedras e tropeçava em um arbusto seco, fugindo de uma cobra que se enroscava em meu peito a despeito de quantas vezes eu a arrancasse de lá.

Cuza estava dormindo em sua tenda quando Phineas chegou ao acampamento. Meu marido é lento para acordar e não consegue se vestir depressa, exceto se tudo estiver em seu devido lugar. Sua túnica estava esticada perto da cama, mas ele não conseguia encontrar a fivela do cinto. Phineas pegou a pequena lamparina de cima de um baú e pôs-se a procurá-la. Um brilho pálido de bronze, quase soterrado sob uma pilha de roupas sujas, mostrou ser o objeto perdido.

Cuza chegou em casa naquela noite e me encontrou arrasada como um jacaré capturado. Analisou a cena com os olhos de um inspetor. Lá estava a assistente do médico umedecendo minha testa com um pano fresco como se eu fosse um cristal frágil. Meus médicos romanos pareciam mais soturnos do que nunca. O quarto estava abafado. Alguém havia fechado as janelas para que o ar impuro não entrasse e piorasse minha doença.

Meu marido se aproximou de minha cama, quase tropeçando na bacia de latão cheia até a metade com minha secreção marrom. Ninguém pensou em tirá-la de vista antes de ele chegar.

Tudo aquilo o levou a concluir que eu estava morrendo. Ele começou a dar ordens aos criados, a fim de se esquecer de suas preocupações. Um deles abriu a janela. Outro pôs uma cadeira ao lado de minha cama, de forma que ele pudesse se sentar ao meu lado. Dispensou a assistente quando viu que poderia pôr compressas em minha testa tão bem quanto ela. Seu toque, pesado e familiar, disse-me que ele queria que tudo voltasse ao normal de uma vez por todas. Eu não conseguia falar; caso contrário o teria tranquilizado de que, apesar do que via, eu estava melhorando.

O médico deu seu parecer sombrio sobre os acontecimentos da noite. Meu marido nada respondeu, o que pode ser mais assustador do que quando brada. O pobre médico enfiou um espéculo em minha garganta, tentando parecer eficiente. Retirou uma bolha viscosa, aqueceu-a sobre uma chama baixa, franziu o cenho e balançou a cabeça para dizer que não havia modificação alguma em meu estado.

Ele não tinha como adivinhar o que estava se passando dentro de mim. Eu podia sentir minha doença emergindo uma última vez, como uma galinha que perdeu a cabeça no machado, mas ainda não desistiu da luta. A respiração dificultosa de meu marido contra minha garganta era um indício de que ele estava aterrorizado. Ouvi-o dar ordens a Phineas para sair e encontrar Jesus. Tive certeza de que tinha apenas imaginado isso.

Cuza não acreditava em milagres. Muito antes de eu conhecê-lo, ele havia abandonado qualquer esperança de intervenção divina. Seu pai, homem violento que espancava a esposa, convencera-o de que não havia ajuda além do esforço humano. Por fim, sua ira contra os céus virou indiferença. A religião passou a ser uma língua estrangeira.

Nos últimos momentos de meu delírio, senti como se lenhas em brasa aquecessem o quarto. Ao abrir os olhos, vi Jesus. Cuza aproximou-se de mim, um guarda-costas cauteloso.

Jesus entrou com passos tão leves que não consegui ouvi-los. Ele tomou minhas mãos e disse meu nome:

— Joana. O que aconteceu?

— Estou melhorando desde a última vez em que te vi — respondi.

Eu não apenas me sentia mais forte. Pela primeira vez em minha vida, tive noção do que significava existir um Deus, um que zela por nós com amor e compaixão. Eu sabia ser este o motivo pelo qual um grande curandeiro tinha surgido em minha vida. Deus tinha enviado Jesus até mim.

Ele não inspecionou os presentes, como Cuza havia feito, mas pediu a meu marido que dissesse a todos que saíssem. Jesus curvou-se sobre minha cama, pôs três dedos sobre meus lábios e sentiu minha respiração debilitada. Inclinou-se mais e cobriu minha boca com a sua. Cuza fez menção de puxá-lo, mas se deteve e deixou as mãos caírem ao lado do corpo. Não tinha poderes para me ajudar. Tinha de dar uma chance a Jesus.

No início, também fiquei com medo. Nenhum médico jamais colocara a boca sobre a minha daquela maneira. Não resisti quando ele dirigiu gentilmente seu sopro para dentro de mim, preenchendo meus pulmões da forma como a brisa fresca preenche uma cortina farfalhante. Meu peito começou a encher e esvaziar sob seu comando. Continuamos assim por algum tempo. Fechei os olhos e vi uma fonte de luz fluindo pelo meu corpo. Era pura e revigorante.

Apenas ergui o olhar quando Jesus recuou. Observou-me para ver o que aconteceria quando eu tentasse respirar sozinha. Sons de gorgolejo saíram de mim. Senti minhas entranhas se alterando de encharcadas para secas. Ouvi o ritmo constante de uma respiração normal e percebi que era minha própria respiração.

Meu marido caiu de joelhos ao lado de minha cama. Analisou meu rosto por um longo momento, então deitou a cabeça sobre minha camisola molhada. Seu peso teria sido insuportável em meu estado anterior, mas eu estava curada.

Amanhecia. Olhei para meu visitante. Seu rosto estava mais pálido do que quando entrara em nossa casa. Cuza atravessou o quarto, apressado, e abriu a porta em um rompante.

— Trazei-nos algo para comer! — ordenou. Voltando em seguida, falou com Jesus pela primeira vez. Sua voz falhava de emoção, mas ele evitou as lágrimas o mais que pôde.

— Obrigado — agradeceu. — Minha esposa está, parece estar se recuperando. Por favor, diz-me a que devo atribuir tudo isso?

— Por que me fazes essa pergunta? — respondeu Jesus.

— És mágico?

— Os mágicos apenas iludem os olhos — disse Jesus. — Sua magia não perdura. — Ele era um mestre paciente. — Tudo o que faço vem do Todo-Poderoso, cujos feitos são verdadeiros. — Jesus deteve o olhar no rosto bronzeado de Cuza. Os olhos de meu marido ficaram marejados de lágrimas. Quase pude ouvi-lo mandando-as retroceder. Por hábito, elas lhe obedeciam.

— Tua esposa está curada — disse Jesus. — Ela precisa de roupas limpas e algo para comer.

Os criados entraram com travessas de peixe de carne branca, pães aquecidos, figos e tigelas de coalhada. Devorei a comida como um atleta após uma corrida. Cuza recostou-se maravilhado enquanto eu terminava um prato após o outro. Em seguida, jogou a cabeça para trás e riu.

Jesus comeu também e tomou meu caldo quente de cevada. Meu marido falou nervoso sobre a colheita que estava se aproximando antes do planejado e sobre as noites quentes que permitiam que seus homens trabalhassem por mais horas.

De alguma forma, consegui formular uma frase:

— A mãe de Jesus, Maria, disse-me que confiasse em seu filho. E veja: eu estava morta; agora estou viva.

— Espero que isso tenha acabado — disse Cuza. Seu sorriso amarelo dizia que ele ainda não estava convencido. Era o melhor que podia fazer. — Como faço para te agradecer? — perguntou a Jesus. — Podes pedir o que quiseres.

Jesus ergueu os ombros, quase imperceptivelmente, como se não houvesse resposta.

— Eu gostaria de fazer algo — insistiu Cuza.

— Lembra-te do que viste hoje aqui — disse-lhe Jesus. — O Pai Celestial ama Sua filha, Joana. Tanto quanto o ama.

Cuza aquiesceu polidamente. Ao se levantar, desequilibrou a mesa. Virando-se para trás, disse que chamaria Phineas para acompanhar Jesus de volta à casa de sua mãe em Nazaré.

Quando ficamos a sós, estendi as mãos para as de Jesus.

— Eu gostaria de poder ir contigo — disse-lhe. — Eu poderia deixar tudo para trás. Às vezes posso ser impulsiva.

Quando eu estava completamente tranquila, ele respondeu:

— Teu lugar é aqui. Dá graças ao teu Pai Celestial. Cuida de teu marido e sê boa para aqueles que vivem nesta casa.

Cuza retornou com Phineas. Jesus recusou a oferta de companhia, preferindo caminhar sozinho. Supus que talvez fosse a única hora que teria para si naquele dia.

Quando Jesus foi embora, chamei meu marido e dispensei os criados. Ele se sentou na beira de minha cama. Senti vontade de lhe pedir que esquecesse o sofrimento de seus anos da juventude. Contudo, eu gostaria que ele conseguisse, sem eu ter de pedir.

— Estás bem, meu marido? — comecei.

— Ficarei bem — respondeu-me. — Espero que tu também fiques.

— Estou curada — disse, e pus minha mão sobre a dele. — Deus enviou Jesus para nos ajudar, Cuza. Irás ver. Tudo será diferente agora.

— Quero acreditar em ti — respondeu. Seu sorriso tímido me dizia que lutava contra as próprias dúvidas e não queria estragar minha felicidade.

Pude ver o jovem que ele fora, o filho que tomara conta do irmão e da mãe, o menino honrado que enfrentara o pai brutal. Cuza não podia perdoar os céus pelo que acontecera na casa do pai.

— Pediste aos deuses que ajudassem tua mãe? — Eu raramente ousava tocar neste assunto.

Cuza alisou os cabelos no topo da cabeça.

— Uma noite, eu a ouvi gritar e corri para ela — disse, sem alterar a voz. — Tentei afastar meu pai, mas ele se livrou de mim. Corri para fora de casa e gritei por Marte, o Guerreiro, para nos salvar. Da porta ao lado, o irmão de minha mãe e seus filhos saíram cambaleantes, ainda sonolentos. No entanto, o queixo dela já estava ficando preto. Ela nunca mais conseguiu fechar a boca direito depois disso.

Comecei a dizer que talvez seu tio tivesse sido enviado para ele a mando dos céus. O Altíssimo, que falou comigo, deve ter ouvido o chamado de um bom jovem esperançoso de salvar a mãe.

— Aquela foi apenas uma noite — retrucou ele. — Como posso acreditar em algum deus? Todos eles viram as costas para a injustiça.

— Se tu ao menos pudesses tentar mais uma vez — insisti. — Isso significaria tanto para mim...

— Joana, estás me pedindo que faça algo que não posso. — A voz de meu marido era um sussurro rude. Pude perceber que o tinha ofendido.

— Está bem — respondi. — Talvez quando tiveres certeza de que estou curada.

Cuza não estava em casa no dia em que abri as portas de nossa residência em Séforis para Jesus e seus amigos. Melhor assim. Meu marido era mais realista do que eu quanto às pessoas que seguiam um milagreiro. Aventureiros, ladrões, baderneiros, assim me avisara.

Contratou seis seguranças extras para ficarem no jardim, a fim de ajudarem a manter a ordem, e deu um jeito de passar a tarde fora.

A colheita da uva estava quase no fim, e ele escolhera aquele dia para rever os cálculos.

Eu não via Jesus desde o dia de minha cura e não sabia se notaria como eu mudara. Havia dias em que eu me sentia como uma espectadora de minha própria vida. Estava começando a perceber coisas em que jamais reparara — a forma como um camelo se põe de pé, começando pelas patas traseiras, ou como um apicultor zumbe quando se aproxima de uma colmeia. Parecia que o Criador de toda a vida havia reunido essas pequenas maravilhas somente para mim.

Meu recém-descoberto amor pelo corriqueiro não me havia preparado para a multidão que atravessou meu portão e pulou meu muro à procura de Jesus. Antes de Strabo, meu jardineiro-chefe, e seus ajudantes terem terminado de aparar a cerca crescida, ou de os fabricantes de tendas erguerem suas lonas, os seguidores de Jesus já haviam invadido minha propriedade. Os pavões que ficavam no pátio gritaram e correram em busca de abrigo. Senti vontade de fazer o mesmo.

Eram de todas as classes sociais. Alguns estavam vestidos com túnicas de fina lã e cinturões de couro. Outros usavam sacos imundos de palha. Atravessei o pátio e ouvi o falatório dos comerciantes em seu grego grosseiro e dos pastores em aramaico carregado. Alguns dos hebreus murmuravam somente em seu próprio idioma, para manter os estrangeiros à distância.

Dei a volta pelo terraço e cumprimentei os recém-chegados, prestando atenção aos criados que eu havia mandado para perto do portão a fim de cumprimentar os convidados. Não importava quantos eu chamasse para ajudar, eles não conseguiam dar conta da multidão. Um homem passou por todos eles de uma forma que me preocupou. Seu rosto estava encoberto por um grande xale, e suas mãos enterradas nos bolsos.

Chamei a atenção de um guarda, que o deteve. Fui logo informada que seu nome era José, um comerciante de especiarias de Arimateia e membro do Sinédrio. Fomos apresentados, e eu me curvei mais baixo do que de costume. Não era todo dia que um mercador de sucesso e um religioso vinha à minha casa.

José presenteou-me com um saquinho de linho púrpura. Reconheci-o de imediato. Era exatamente como os que eu tinha visto na cozinha de minha prima Maria. Olhei para José com mais atenção. Seu rosto redondo e reluzente era só sorrisos e alegria. Decerto, contava com um serviço diário de barbeiro para manter a barba tão perfeitamente aparada.

Tão logo abri o saquinho, ele exalou um perfume seco de canela.

— É da Babilônia — disse-me. Tinha uma reserva de novas especiarias com ele e estava a caminho de Jerusalém para vendê-las. Parara em Cafarnaum quando seu amigo Jesus o convidou para ir à minha casa.

— Como conheceste Jesus? — perguntei.

— Ele às vezes viaja com minha caravana — respondeu José. — Passo pela cidade dele em minhas andanças.

— Então deves conhecer a mãe dele. — Ergui o saquinho de especiarias, para sugerir que já havia visto outros como aquele na casa dela.

— Uma mulher maravilhosa — disse ele. Seus olhos negros e redondos se reviraram como azeitonas em um prato.

— Espero vê-la aqui hoje. — Fiquei observando sua reação.

— Sim — respondeu, como se também a esperasse. Então ele a conhecia mais do que de passagem.

Admirei sua estola de fina lã.

— Espero não te ter incomodado, ao entrar em sua casa da forma como entrei — disse ele. — Às vezes escondo meu rosto. Faço-o apenas porque não gosto de discutir.

— Discutir? — perguntei, sem saber ao certo o que queria dizer.

— Alguns conhecidos meus gostam de questionar tudo o que Jesus fala. Discutem se seus ensinamentos estão de acordo com o Talmude. Nunca sei como lhes responder.

José interpretou mal o meu silêncio, achando que eu sabia mais do que revelava.

— Diz-me — pediu — O que *tu* achas? Pode Jesus ser mesmo o eleito para libertar o povo hebreu?

— Não sei dizer — respondi. — Ele salvou minha vida e estarei sempre em débito com ele.

Sorrindo alegremente, como se minha resposta despreocupada lhe tivesse sido satisfatória, José pediu licença. Poderia aquele homem ser um pretendente de minha prima? Seria possível, pensei, que seu falecido marido, José, o carpinteiro, tivesse de alguma forma dado um jeito para que este sucessor tomasse conta dela em seu lugar? Considerei isso um sinal de que o carpinteiro ainda zelava por Maria em sua vida além-túmulo.

A tarde passou devagar. Conheci um penitente que usava pedras em torno do pescoço, uma mulher coberta de tatuagens, um mudo que respondia a cada comentário com o som discordante de seus címbalos. A cada nova apresentação, eu ficava mais desencorajada. Aquelas eram as pessoas que meu salvador tinha como companhia. Como eu conseguiria me encaixar entre elas?

Quando um criador de porcos se aproximou, puxando uma porca por uma corda, reconheci seu sotaque entrecortado. Vinha de Gadara.

— Isto é para Jesus — disse ele, tentando me passar a corda. Phineas estava a um passo dele. — Diz ao teu mestre que ele arruinou minha cidade. — Eu já havia ouvido pragas sendo rogadas em uma voz mais simpática.

Fui depois informada de que a porca diante de mim fora a única que sobrevivera à passagem de Jesus por Gadara, algumas semanas atrás. Ele expulsara os demônios de um homem, os quais entraram nos porcos do pastor, dissera-me o gadareno. Por que outro motivo os animais teriam saído correndo por quilômetros e quilômetros e se jogado no mar, onde se afogaram?

— Aqui — rosnou o homem, atirando a corda. — Diz ao teu fazedor de milagres que os demônios, amigos seus, esqueceram-se de uma porca.

Phineas pegou o homem pelo braço e o levou de volta ao portão. Mandei chamar o chefe da criadagem e disse a ele que pagasse um preço generoso pela porca e a matasse. Havia algo de agourento naquele animal.

No terraço, um pequeno número de homens e mulheres asseados e bem-vestidos parecia apreciar o som alegre dos tambores. Era um prazer olhar para eles. Se ao menos houvesse mais pessoas assim...

Muitos convidados se assemelhavam ao tipo da samaritana que entrou em meu jardim e passou enfurecida por José, assim como por vários anciões do templo. Eles se viraram para evitar a visão de seu decote cavado.

Observei-a ir à pira e arrancar um pedaço da carne de bode que estava assando. Um dos cozinheiros colocou-se entre ela e a carne.

— Ainda não está pronto — disse ele, usando de mais cordialidade do que eu usaria. Ela o ignorou e estendeu a mão para pegar mais. Virei-me rapidamente à procura de um segurança. Em vez disso, vi minha prima Maria.

— Joana — chamou-me. Ao som de sua voz, meus dedos relaxaram. Eles estavam apertados, os punhos cerrados.

— Meu filho está vindo logo atrás — disse ela. Seu rosto brilhava no calor da tarde. A poeira da estrada estava colada em suas sandálias e na bainha de sua túnica. Eu deveria ter mandado alguém buscá-la em vez de permitir que viesse a pé de Nazaré. Abracei-a.

— Jesus me curou — sussurrei. — Não sou mais a mesma.

— Posso ver que estás forte. — Com o sol batendo em seu rosto, ela parecia iluminada. Foi então que percebi. Fora ela a primeira pessoa a falar com seu filho em meu nome. Jesus veio ao meu leito enfermo por amor a ela.

Um criado passou por nós carregando uma bandeja com suco de romã. Peguei um copo para minha prima e outro para mim. A samaritana correu em nossa direção e jogou-se no chão diante de Maria.

— Mãe do curandeiro! — gritou. — Teu filho curou minha filha. Ela parecia uma cadela selvagem. Eu tinha de amarrá-la à parede e quase sempre, quando chegava em casa, via calombos escuros em sua cabeça. Jesus não teve medo. Pôs a mão sobre ela.

Minha prima apertou os ombros da mulher soluçante contra seus quadris roliços, do mesmo modo que uma mãe conforta a filha. Sem parecer incomodada pelas lágrimas da mulher, segurou-a até que se acalmasse. Quando a samaritana finalmente se levantou, segurou por um bom tempo as mãos de Maria e depois voltou a se unir à multidão.

— Não ficas apavorada quando pessoas estranhas se jogam à tua frente? — perguntei.

— Entendo essa mulher — respondeu Maria. Sua voz transbordava de bondade. — Também sou mãe.

— E tua mãe se preocupava contigo? — Eu estava sempre tentando descobrir mais sobre minha prima.

— Bondosa mulher! — chamou uma voz grave atrás de mim. — Eu estava ansioso para te ver. — Era José, o comerciante de especiarias. Curvou-se na frente de Maria com um sorriso reticente e um vestígio de desejo. Pus a mão sobre os lábios para esconder meu sorriso.

Maria deu um passo até chegar à sombra debaixo da lona e eu a segui. Sentamo-nos nas almofadas de seda de cores vivas e apreciamos a vista do vale denso e verdejante. José aguardou educadamente nós nos acomodarmos. Explicou então seus planos de passar por Nazaré, dentro de dois dias. Minha prima lhe garantiu que ele seria bem-vindo. Isso pareceu satisfazê-lo. Curvando-se mais uma vez, deixou-nos.

Dei instruções a um criado para entrar em casa e fechar as janelas dos aposentos de meu marido. O sol estava ficando cada vez mais forte. Lembrei minha prima de que estávamos falando sobre sua vida quando criança. Satisfazendo minha vontade, ela continuou:

— Em Nazaré, meus pais contavam comigo para tomar conta da casa. Senti-me orgulhosa quando finalmente aprendi a equilibrar um jarro na cabeça por todo o trajeto até o poço.

Por um breve momento, ela estava de volta à infância com suas jovens amigas.

— Costumávamos cobrir as mãos com as mangas de nossas túnicas. — Demonstrou-me. — Mãos macias agradavam um marido, era o que dizíamos. Nenhuma de nós sabia ao certo. Éramos crianças.

Quando meu pai ouviu falar do noivado de Maria com o carpinteiro, disse que o pai dela, Joaquim, apenas o permitira para envergonhar a família. Meu pai já havia cortado todo e qualquer laço com Joaquim, mas, ainda assim, considerava o casamento da sobrinha com um trabalhador braçal uma afronta. José não era um homem de posses.

— Então tu te casaste com o carpinteiro — encorajei-a a continuar.

— Boa-tarde — interrompeu uma voz grave. Manaém surgiu perto de nossa tenda. Desejei que nos deixasse a sós, mas cumprimentei-o cordialmente por consideração ao meu marido.

— Boa-tarde. — Tentei soar hospitaleira. — Posso te apresentar à minha prima, Maria de Nazaré? Prima, este é Manaém, capitão da guarda de Herodes Antipas.

Ele mostrou interesse por seu sorriso gracioso. Levantei uma sobrancelha para sugerir que fosse breve.

Maria dirigiu seus olhos convidativos para Manaém e, para minha surpresa, tive a impressão de que já se conheciam.

— Talvez já se conheçam — arrisquei.

— Não — respondeu Manaém. — Nunca fomos apresentados.

— Então, dirigindo-se à minha prima, acrescentou: — Te vi com teu filho, em Cafarnaum. Às vezes passo por lá. — Passou a mão sobre o lábio superior para conter as gotas de suor.

— Vem para a sombra — convidou-o Maria, abrindo espaço para ele.

Manaém foi para debaixo da lona.

— O que te traz aqui? — perguntei.

— Trago um bilhete do procurador.

Entregou-o a mim. Eu o abri e li: "Não conseguirei chegar a casa cedo como esperava. Manaém ajudará a conter a multidão."

— Já ouvi teu filho pregando no campo — dizia Manaém à minha prima.

— As pessoas vêm de longe para ouvi-lo — completou Maria.

Eu estava para comentar que Manaém raramente tinha motivos para ir a Cafarnaum quando me perguntei, surpresa, por que ia para lá. Ele estava observando Jesus, provavelmente levando notícias suas para Herodes. Manaém era como um filho para o tetrarca. Decerto, advertiria-o sobre um homem tão popular quanto Jesus. E, certamente, Herodes se sentia ameaçado.

Maria olhou para cada um de nós.

— Um dia, Deus trará paz à nossa terra — profetizou.

Para um hebreu devoto, paz significava o fim das leis estrangeiras. Manaém analisou o rosto tranquilo de Maria, mas nada disse.

O repicar dos pandeiros, vindo do terraço, foi um sinal de que Jesus atravessara meu portão. Corremos ao seu encontro. Já paralisado pela multidão, ele não podia se mover, que dirá dar um passo, a não ser que todos se movessem junto com ele. Vários de seus apóstolos ficaram por perto, tentando amenizar a pressão das pessoas. Ele parou para muitos daqueles que puxaram seu manto ou se prostraram aos seus pés. Dispensou atenção a cada um, como se mais ninguém importasse naquele momento.

Sua mãe beijou-lhe a face e ficou tranquila ao seu lado.

— Eles ouvirão tudo o que tiveres a dizer — lembrou-lhe. Um ancião da sinagoga de Séforis estava perto o bastante para ouvi-la. Mais um Efraim, supus. Sem dúvida, ele logo estaria à sua porta reclamando de seu filho.

— Não te preocupes — sussurrou meu salvador. Maria abaixou a cabeça apenas o suficiente para mostrar que confiava nele.

Fui falar com os criados e os instruí a descobrirem as mesas. As bandejas de estanho com carne de carneiro e de bode, as cestas de pães e as cerâmicas repletas de figos me deixaram satisfeita. Fiquei na ponta dos pés para arrumar as folhas de uva que guarneciam meus bolos de maçã e instruí os criados a manterem todos com os copos cheios.

Preparamos os pratos para meu salvador e sua mãe. Após servi-los, recuei e deixei o caminho livre para a horda de famintos.

Comida e bebida transformaram desconhecidos em amigos. Percebi José, o comerciante de especiarias, parar para admirar minha prima, que estava na companhia de outras mulheres. Foi uma mera troca de olhares, mas seus olhos se encontraram com os dele. Desejei ser capaz de interpretar sua expressão com mais clareza, mas seu olhar foi brando e enigmático.

Jesus se deslocava de grupo em grupo. Após algum tempo, retirou as sandálias e deitou-se no chão como se estivesse em sua própria casa.

— Mestre, conta-nos uma história! — gritou alguém, quando os criados estavam retirando os pratos vazios.

Por um momento, Jesus olhou para meu jardim. Seus olhos pousaram em Strabo, que estava sentado à sua frente.

— No verão, quando as flores estão desabrochando — começou ele —, o jardineiro vê o fruto de seu trabalho. — Strabo abraçou seu filhinho. Já estava gostando da história.

"Até então — continuou —, ele já trabalhou por vários e longos meses, catando folhas secas, arrancando o mato, revolvendo o solo e plantando novas sementes.

"No jardim do Paraíso, nossos ancestrais não precisavam trabalhar por sua comida. — A multidão ficou em silêncio. — No entanto, eu vos digo, o novo Paraíso está dentro de vós. O que semeais e cuidais hoje será a colheita de amanhã. Alguns de vós irão colher com mais abundância do que qualquer homem rico jamais sonhou."

Strabo levantou-se e ergueu os braços para Jesus, como se para dizer que se sentia honrado com sua história. Aproximando-se dele como um homem que ofertava um presente, meu jardineiro-chefe começou a dançar. Um pé cruzou-se atrás do outro. Ele deu um passo para o lado e depois voltou. Logo, outros se uniram a ele. Os tambores e os pandeiros ganharam ritmo. Lentos no início, mais rápidos depois. Dois dos músicos pularam do terraço e dançaram no meio da multidão, encorajando todos nós a movermos os pés.

Nós, mulheres, formamos nosso próprio círculo. Logo éramos um mar de ondas dançantes. Eu jamais fora forte o bastante para dançar daquela forma, pelo menos desde os doze anos. Dei voltas e abaixei-me, espantada com meu próprio vigor.

Os homens atraíram Jesus para seu círculo. Manaém deu-lhe o braço, dando passos e virando ao seu lado com impressionante destreza. Não ficara longe de Jesus durante todo o dia. Questionei seus motivos.

O perfume de meu jardim, do jasmim, da murta e das rosas estava por toda parte. O paraíso não poderia ser mais perfumado. Foram necessários anos de trabalho paciente para deixá-lo daquela forma. Tentei fazer uma imagem do paraíso negligenciado dentro de mim e imaginei quanto tempo ele levaria para florescer.

 CAPÍTULO SEIS

O tetrarca Herodes soube de tudo o que se passava [...]. E se esforçava por vê-lo.
Lucas 9:7-9

Cuza e eu retornamos à cidade de Tiberíades no fim do verão. A instabilidade do clima adequava-se ao meu humor. Naquela época do ano, nas proximidades do mar, o sol tanto podia ser um recluso taciturno em um dia quanto um tirano implacável no outro. Os ventos do deserto tinham força suficiente para derrubar a estátua de Vênus de seu trono, no anfiteatro. Foi sob essas condições que Lucius Vitellius, um dos favoritos de César, fez uma visita à corte de Herodes.

Vitellius e Cuza tinham servido juntos no exército romano. O serviço militar parece criar vínculos entre os homens. Quando Tibério César herdou o trono de Augusto, deu regalias a Vitellius, que se encontrava agora prestes a ser nomeado governador na Síria, terra natal de meu marido. Uma posição de destaque — a Síria ainda era um dos mais importantes territórios romanos do Leste.

Cuza e Vitellius davam-se bem. Infelizmente, nosso distinto visitante não se dava tão bem com Herodes. Presumi que fosse por causa da forma descarada como Herodes cortejava nosso convidado. Uma tentativa imprudente de conquistar sua simpatia.

O fato de Herodes ter reconstruído Séforis em um estilo que se equiparava às melhores cidades romanas causara uma má impressão aos homens competitivos de César. Herodes fora longe demais quando, recém-empossado, construíra uma capital inteiramente nova e escolhera seu nome em homenagem a Tibério César.

Sua gana por reconhecimento, no entanto, acabou tendo um efeito positivo: permitia que Cuza ficasse longe da nova capital por uma boa parte do ano, pois, durante a época do cultivo e depois a da colheita, ele precisava ficar no campo próximo à nossa casa em Séforis.

Todas as vezes que voltávamos a Tiberíades, eu chorava. Construções do tamanho de ciclopes e estátuas espalhafatosas enchiam as ruas. A vila de Herodes se situava indolente à margem de uma encosta, conferindo-lhe uma atmosfera de perigo. Não havia como saber quando uma tempestade varreria todo o complexo vale abaixo. Ele considerava sua casa uma atração pública. Assim como seu palácio, as termas e o anfiteatro, sua casa era uma reprodução do esplendor romano.

Com sua costumeira falta de sorte, Herodes construíra a nova capital sob uma maldição. Os gregos e romanos temiam Pã, o deus intrometido e com pernas de bode que se emboscava nas colinas acima da cidade. As pessoas viviam com medo de seu humor sórdido.

Os hebreus odiavam Tiberíades por motivos próprios. A cidade havia sido erguida em uma terra que fora um cemitério ancestral. A cidade estilo romano de Herodes situava-se sobre ossos ancestrais. Os ensinamentos religiosos dos hebreus diziam que Tiberíades estava impura.

Na noite em que meu marido e eu retornamos à cidade, fiquei com um gosto ruim na boca. Em um lugar tão torpe quanto aquele não havia como saber o que viria a acontecer com minha fé recém-conquistada. Eu precisava de constante doutrinação; caso contrário, estava fadada a retornar aos hábitos antigos. Abandonar velhos costumes nunca foi meu forte.

Após tantos meses longe, vapores oleosos pairavam em cada aposento de nossa casa. Tendo se originado na fonte termal que brotava ao pé de nossa colina, eles passavam livremente pelas venezianas das janelas durante nossa ausência. Seu odor medicinal deixava o ar pesado. Então queimei pedacinhos de cedro para disfarçar o cheiro.

Eu dera um aspecto romano à casa, a fim de demonstrar a devoção de meu marido a Herodes. Cheguei ao ponto de persuadir Nicolas, o pintor de paredes mais conceituado de Roma, a me atender. Ele fez a viagem ao Leste somente após eu prometer que o apresentaria à esposa de Pilatos, Cláudia, em Jerusalém. Nicolas já havia decorado todas as casas importantes de Pompeia, antes de se aventurar ao meu canto remoto do Império. Considerava sinônimo de decadência trabalhar nas províncias.

A faixa com desenhos dourados que pintara nas paredes bordô de minha sala de jantar era a das mais elegantes que eu já havia visto. Senti prazer em passar novamente por ela em nossa primeira noite de volta a Tiberíades.

Herodes mandou dizer que jantaria a sós com Lucius Vitellius naquela noite. Encontramo-nos com eles no dia seguinte, no anfiteatro, quando tomamos discretamente nossos lugares, antes do início das festividades.

Quando a sacerdotisa se curvou ao passar pelas estátuas de César acima da entrada para o teatro, ajoelhei-me junto com os outros, tomada por um arroubo de vergonha. O que minha prima diria se pudesse me ver fazendo mesuras para uma pedra?

A procissão aproximou-se da estátua de Vênus, onde a sacerdotisa pendurou uma guirlanda de pedra. Senti-me como uma impostora. Eu havia doado louro do meu jardim para a ocasião. Jurei nunca mais fazer tal coisa. Um sorriso de satisfação espalhou-se por meus lábios. Fora meu primeiro sorriso desde nosso retorno à capital.

Durante muitos anos, eu fora a devota mais volúvel dos deuses romanos. Eu tanto chamava por Vênus quanto duvidava de sua existência. Ela nunca parecia atender às minhas preces. Ergui os olhos para sua imagem, que se elevava acima do palco.

Os hebreus devotos me condenariam por eu ter entrado em um lugar onde se dizia ser a residência de Vênus. Mas minha prima Maria raramente via as coisas da mesma forma que as outras pessoas. Pelo menos, havia espaço para questionamentos. Resolvi passar mais tempo com ela, que me mostraria como viver de acordo com seu estilo de vida e como ser uma verdadeira seguidora de seu filho.

Vitellius afundou entediado na cadeira. Cuza conversou com ele na esperança de distraí-lo. Os dois desataram em uma conversa que deveria ter começado em outra ocasião.

— Eu gostaria de ver as novas atividades que estavas me contando — disse Vitellius.

— Elas têm funcionado bem — respondeu Cuza. — Os fazendeiros se ressentem, é claro. Tiveram de vir do campo e aprender novas habilidades.

— É melhor do que morrer de fome.

— Jamais perdoarão César por ter tomado suas terras.

— São pessoas difíceis.

Nenhum dos dois mencionou o fato de os romanos terem forçado os fazendeiros a trabalhar como carpinteiros e ferreiros, após uma vida inteira no campo. Conversavam como se plantar e forjar rodas de ferro para viver fosse tudo a mesma coisa.

Vitellius perguntou sobre uma olaria em Magdala, conhecida por suas cerâmicas negras com um toque provinciano. Seu estilo rústico tinha chamado a atenção das classes altas, e elas se tornaram um produto popular para exportação.

— Mérito de Herodes — disse meu marido. Não era um mérito justo, mas ninguém na corte do tetrarca ousaria dizer o contrário.

— Sim, com certeza — concordou Vitellius. A conversa ameaçou morrer.

— Já conheces o ator Paris? — perguntei. — Sei que é um dos favoritos de César. Só conseguimos trazê-lo para se apresentar a ti porque Herodes Antipas deu um jeito.

— Nunca fui grande admirador de teatro.

Um anão com uma cabeça enorme gingou até o palco e anunciou a peça. *Cenas das Vidas dos Deuses*. Tema inevitável.

O sol agora estava a pino. Preferia que Herodes tivesse pedido aos acrobatas e equilibristas da corda bamba que abrissem o espetáculo. Era difícil se concentrar em uma peça com o calor da tarde a todo vapor.

A multidão deu vivas quando Paris subiu ao palco no papel de Atenas. Ele aperfeiçoava as posturas femininas da deusa grega à medida que ela esculpia uma flauta cujo projeto era dela.

Quando terminou de esculpi-la e soprou o instrumento produzindo belos sons, deparou-se com a própria imagem refletida em uma poça de água. Recuando, olhou-nos com as faces infladas e os olhos semicerrados, até jogar a flauta para o lado como se fosse sua inimiga. Como alguém poderia levar aquela deusa a sério? Ela era tão vã quanto eu.

Naquela tarde, uma história realmente me impressionou. Quando Paris, no papel da ninfa Dafne, fugia do vigoroso Apolo, atravessava o palco correndo e voltava. Cada vez que passava por nós, ficava coberto por folhas e cascos de troncos. Estava se transformando em uma árvore.

Por fim, parou no centro do palco e esticou o pescoço e os braços, formando galhos graciosos. Das histórias de Ovídio, aquela sempre fora minha predileta. E agora, sem mais nem menos, parecia-me mais verossímil do que antes. Toquei meus pés e tornozelos, em parte, na expectativa de sentir a aspereza da casca de uma árvore. Quando a ninfa Dafne começou a ter uma nova vida, diferente da que conhecera antes, eu soube que era como ela.

Pude ouvir o tetrarca ganir quando nosso convidado romano começou a arrastar os pés, entediado.

— Paris nos aguarda em seu camarim, após o espetáculo — insistiu Herodes. Apesar de sua insistência, Vitellius estava pronto para ir embora.

— Está quente demais aqui — comentou.

Todo o nosso grupo se levantou junto com ele. Éramos dez no camarote do tetrarca. A plateia olhou para os lados para ver qual era o problema. Logo, ninguém estava assistindo à peça.

Herodíades correu até Vitellius e abanou seu pescoço da forma mais inapropriada possível. Não tinha noção de boas maneiras. Vitellius subiu os degraus rumo à saída. Herodes fez sinal para a plateia se sentar e avisou aos atores que o espetáculo deveria continuar.

— Fica até o fim, mantém a multidão sob controle. — Apertou o braço de Cuza enquanto falava. Seus melhores esforços para impressionar o convidado haviam falhado; ainda assim, ele dera um jeito de agir como líder, em controle completo de si mesmo. Acenando para a multidão como se ela o adorasse, Herodes correu atrás de Vitellius.

* * *

À noite, nosso convidado de Roma já estava bem descansado para comparecer a um jantar em homenagem a Paris. Herodes o colocou em um dos cantos da sala. Eu estava sentada com as mulheres, como de costume, mas ignorei sua conversa e prestei atenção ao cativante Paris, cuja voz fina podia ser ouvida de onde eu estava.

Pude também ouvir a voz de Cuza, um tom grave e presente, tecendo críticas aos jogos dos gladiadores com alguém que o ouvia. Os jogos tinham sido o último programa do nosso dia. Felizmente, perdi a maior parte do banho de sangue. Fiquei de olhos fechados. A colisão das clavas contra os peitorais das armaduras foi tudo o que pude ter certeza de que aconteceu.

Na manhã seguinte, Cuza e eu navegamos de Tiberíades para Magdala, com o conselheiro de César, nosso visitante entediado do Oeste. Atracamos e fomos direto para a olaria. Fui convidada, pois eles esperavam que eu escolhesse presentes para Vitellius levar para Roma. Do lado de fora da olaria, dois meninos andavam de um lado a outro gritando para os transeuntes:

— Jarros dos milagres! Jarros, aqui dentro!

Eu não estava completamente acordada e não prestei atenção.

Entramos em uma oficina limpa, com acabamento em estuque e lajotas. Seis oleiros trabalhavam em seus tornos e vários outros trituravam pedras negras até virarem o pó que era usado para colorir o barro.

O proprietário nos conduziu pelas salas, vangloriando-se de seu planejamento organizado e da procura crescente por seus produtos. Logo nos levou para a loja ao lado. Prateleiras com jarros negros e idênticos cobriam uma parede. Pegando um deles, sorrindo e exibindo buracos onde um dia houvera dentes, ele empurrou o vaso de tamanho avantajado em nossa direção.

— É isto o que estais procurando — disse ele. — O jarro dos milagres.

— Milagres — Vitellius repetiu, descrente.

— Foi de uma festa de casamento, na primavera passada. — A voz do dono da loja aumentou de volume o suficiente para atrair a atenção de qualquer um que estivesse passando pela rua. — Um criado encheu um jarro exatamente como este, com água. — Com seu gesto eloquente, nossa atenção se voltou para a prateleira do mostruário. — Então o criado correu para seu mestre, e, quando o alcançou, a água se havia transformado em vinho.

— Não pode ser. — Vitellius não teve paciência para ouvir a história. Dirigiu-se à porta. Cuza o seguiu.

— Foi a persistência de uma mãe — gritou o homem, após eles terem virado as costas.

— De uma mãe? — perguntei.

Cuza veio logo para meu lado, dando-me instruções entre os dentes:

— Encontra algo para a esposa do conselheiro e vem logo. Esperaremos lá fora. — Olhando de relance pela loja com um orgulho típico, meu marido saiu à procura de Vitellius.

— Maria, a mãe do grande profeta de Nazaré — respondeu o dono da loja, que prosseguiu falando de uma cerimônia em Caná, onde sua sobrinha se casara. A família dela tinha uma coleção de cerâmicas de Magdala, dadas de presente por ele ao longo dos anos. — O profeta de Nazaré estava no casamento com a mãe — explicou. — Eu estava dançando bem perto dele quando ela chegou à sua procura. Não sobrara vinho para os pais dos recém-casados fazerem um brinde.

A essa altura, eu já estava agarrada a um jarro.

— A mãe do profeta contou ao filho. O anfitrião ficaria envergonhado — continuou. — Em seguida, um jarro exatamente como este, cheio de água, estava servindo vinho.

Há pessoas que têm o dom de cuidar dos outros. Eu estava começando a notar que minha prima era uma delas. Não fora apenas comigo que se preocupara, por mais que eu tenha gostado de pensar assim.

Os passos pesados de Cuza soaram perto da porta.

— Dá-me três das tigelas que têm mais saída — pedi-lhe. E então, quase em um sussurro, emendei: — E um jarro.

— Já terminamos — disse eu a Cuza, que me observava impaciente.

Na volta para Tiberíades, fui para casa sozinha. Naquela noite, ao chegar em casa, Cuza foi direto para seus aposentos. Terminei minha cópia de um desenho de Nicolas, no qual eu vinha trabalhando, e fui lhe dar boa-noite.

— Vitellius parece estar em boa saúde — disse eu.

— Acho que sim. — Cuza estava à sua mesa, cercado por livros de registro.

— As reuniões foram interessantes?

— Até certo ponto.

— Só mais alguns dias, e ele seguirá para a Síria.

— Sim.

Aproximei-me, na esperança de ter uma melhor visão de seu rosto.

— Está tudo bem, meu querido?

Ele largou o trabalho, mas não olhou para mim.

— César tem ouvido reclamações sobre Herodes — contou-me. — Vitellius me perguntou o que eu sabia sobre o assunto.

O pior de tudo, explicou-me, tinha a ver com um prisioneiro que Herodes executara meses atrás. Ele alegara que o homem estava conspirando contra o governo e mandou decapitá-lo sem julgamento.

— Vitellius me disse que o homem não era rebelde coisa alguma. Trabalhava para César. Era um agente seu.

Tal agente fora enviado a Tiberíades para investigar acusações de que Herodes estava arrecadando impostos dos hebreus sem repassá-los para Roma. O agente deve ter encontrado alguma prova.

— Vitellius informará qualquer coisa que souber enquanto estiver aqui — continuou Cuza. — Isso tornará as coisas difíceis para todos nós.

Cuza arrastou os pés nervosos debaixo da mesa. Eu tinha certeza de que ele sabia de mais coisas, talvez até piores do que as que estava me contando.

Decorridos dois dias, como era típico da vida na corte, a despedida oficial para nosso convidado romano foi mais do que polida. Depois disso, Cuza acompanhou o tetrarca até sua sala. Fui andando atrás deles junto com as mulheres.

Eu não esperava que Herodes falasse comigo, embora soubesse que ele já devia ter ouvido falar de minha cura.

— Joana — interpelou-me, pedindo que me aproximasse. — Ouvi dizer que fostes curada.

— Enquanto estávamos em Séforis — respondi.

— Por um milagreiro da Galileia, não foi?

— Sim. — Pareceu-me melhor dizer o mínimo possível.

— Nem sequer te pareces com teu antigo eu.

Toquei meu pescoço. Era visível que o lenço que eu costumava usar para protegê-lo das correntes de ar não estava lá.

— É verdade, estou curada — respondi.

— Não te esqueças de tua lealdade — disse-me ele, com os lábios finos curvados em um sorriso de desprezo, sua posição mais confortável. — Há apenas um homem na Galileia que se iguala à grandeza dos deuses. E esse homem sou eu.

— Certamente.

— Reativa minha memória. Qual é o nome do teu curandeiro?

Contei a ele.

— Ah, sim, Jesus — repetiu com desdém. — Acho que deverias passar mais tempo com ele, Joana. Conhece-o melhor. E então vem me contar. Eu gostaria de conhecer esse teu fazedor de milagres.

— Meu marido... — Apontei vagamente para Cuza, apenas alguns passos atrás de nós, para sugerir que ele não aprovaria.

— Ah, deixa disso, Joana. Certamente conseguirás pensar em alguma forma.

Cuza e eu voltamos andando do palácio até em casa. Eu podia senti-lo analisando cuidadosamente os acontecimentos dos últimos dias.

— Cuza — dirigi-me a ele, quando paramos para descansar perto dos salgueiros. Estava andando bem adiante de mim, e não como alguém que apreciava uma caminhada.

— Sim — respondeu-me, sem qualquer vestígio de impaciência.

— Herodes Antipas fez perguntas sobre meu salvador.

— Já faz tanto tempo assim desde a última vez em que o vimos?

— Ele disse que quer saber mais sobre Jesus.

— O que isso quer dizer?

— Ele disse que eu deveria passar mais tempo com ele e depois contar-lhe tudo o que descobrir. — Cuza já estava balançando a cabeça, em um gesto de discordância.

— Se quiser saber mais, ele mesmo pode ir a Cafarnaum.

Era uma sugestão ridícula. Continuamos a andar em silêncio. Eu já estava sem fôlego, quando começamos a subir a ladeira íngreme que levava à nossa casa. Ao ouvir minha respiração ofegante, Cuza parou.

— Estamos indo rápido demais — disse eu, os braços em volta do corpo. — Não podes ir mais devagar?

Cuza pediu-me desculpas, esquecera-se de que não estava sozinho. Nem todos tinham a força de um touro. Pegou um cantil do cinturão e ofereceu-me um gole.

— O que respondeste?

— Que achava que tu não aprovarias.

— Joana, não consegues ver como as coisas podem dar errado?

— Seria mesmo um problema se eu passasse um dia em Cafarnaum?

Voltamos a andar. Ele continuou na minha frente. Murmurei um pedido, uma de minhas tentativas cada vez mais comuns de oração:

— Por favor, mostra-nos o caminho.

Dois sabiás passaram por nós, próximos um do outro em um voo rasante, até que tomaram rumos diferentes. O macho elevou-se muito alto, a fêmea baixou o voo. Devem ser recém-casados, disse a mim mesma. Ainda estão aprendendo a abrir mão de suas vontades a favor do outro.

Subimos a última ladeira até nossa casa. Levei a mão ao nariz assim que passamos pelos banhos termais. Cuza esperou por mim no topo da colina.

— Tudo bem, então — disse ele. — Passa um dia em Cafarnaum. E que seja o fim de tudo isso.

Ele devia saber, assim como eu, que um dia *não* seria o fim de tudo aquilo.

✹ CAPÍTULO SETE

E lhe comunicaram: "Tua mãe e teus irmãos estão lá fora e querem ver-te."
Lucas 8:20

O cheiro de perca foi ficando mais forte quando nos aproximamos da margem de Cafarnaum. Luzes reluzentes na areia transformaram-se em escamas de peixe lá atiradas pelos pescadores que limpavam sua pesca. Ao nos aproximarmos do cais, pensei alto se a casa onde Jesus estava hospedado ficava perto da margem.

— É do outro lado da cidade — disse Otávia. Impossível para ela permanecer calada se soubesse a resposta. O que ela carecia em discrição compensava pela utilidade de suas informações.

Subimos o caminho íngreme que levava à cidade, passando por campos cuja colheita fora tão recente que ainda recendiam a cebola. Tão logo chegamos, a população começou a nos encarar, mas eu mal lhes dei atenção. Os hebreus e outros povos conviviam em paz em Cafarnaum — eu não tinha motivo para esperar por problemas. Quando a voz estridente de um homem cortou o ar, nem sequer suspeitei de que estava gritando comigo.

— Estavas morrendo sufocada no próprio sangue! — insultou-me.

— Teus médicos romanos não conseguiam te salvar! — Seu avental de couro estava sujo de fuligem. Um cinzel de ferreiro pendia de seu bolso.

— Pessoas como tu estão arruinando Cafarnaum! — gritou ele.

— Volta para tua terra! Deixa-nos em paz!

Eu não estava disposta a deixá-lo me expulsar da cidade onde meu salvador morava.

— Eu estava doente e à beira da morte — respondi. Não era nada comum eu falar com uma multidão de desconhecidos, mas precisava me defender. — Pedi a Jesus que me ajudasse, da mesma forma que muitos de vós tendes feito. Devo minha vida a ele, assim como muitos de vós.

Phineas não esperou por resposta; ultrapassamos o portão da cidade, parando apenas para pedir informações na oficina de um carpinteiro. Ele pôs de lado uma pequenina estátua de Astarte, a deusa da fertilidade que estava esculpindo, e apontou para além do centro da cidade. Devíamos procurar pela casa que tinha uma chaleira preta pendurada na porta. A mulher que morava lá vendia ensopado de peixe na hora do jantar. Ela poderia nos mostrar onde encontrar Jesus.

Era raro eu passar pela oficina de um escultor de ídolos sem comprar uma peça para pôr dentro de minha manga em busca de proteção. O escultor, decerto pressentindo meu interesse, levantou-se de seu banco e veio para fora.

— Deixa-me mostrar uma coisa para ti — disse ele. Não sei por que o segui até os fundos. — A deusa está aqui, em um lugar secreto. Vais ver.

Ele abriu uma cortina nos fundos da oficina. Uma nuvem de fumaça de incenso subiu em espiral. Entrei tentando enxergar além da fumaça.

Subi até um altar onde havia uma tigela de latão vazia. A fumaça saía dela. Eu estava curiosa.

O escultor levantou a mão e me mostrou uma pilha de criancinhas esculpidas em madeira. Logo pôs a mão acima da fogueira e deixou os bebês caírem na brasa.

— Isso vai satisfazer Astarte — sussurrou, observando com devoção a estátua da deusa-mãe. — Ela pega todas as criancinhas perdidas para si e envia bebês novos e sadios no lugar delas, se a mãe rezar por tal graça.

Pude sentir pequenas gotas de suor escorrendo por meu rosto. Tombei para trás.

— Cuza — lamentei. Por duas vezes nossos bebês haviam morrido em meu ventre. Achei que meu marido jamais deixaria de lamentar essas perdas. Nem todas as doenças do mundo poderiam me servir como desculpa. Perdi os filhos de meu marido.

Esta era uma lembrança que eu havia enterrado e deixado para trás. Agora, ela voltava a arranhar meu coração.

Os braços de Otávia surgiram em torno de minha cintura. Ela me levou para longe do altar e me apressou para seguirmos em frente. Eu mal podia andar. Ela foi me puxando. Chegamos à praça da cidade, e Phineas nos levou até um banco na sombra.

Estava estranhamente quieta. Ninguém sentado sob os limoeiros ou parado na banca do padeiro. Era como se as pessoas tivessem largado o que estavam fazendo e saído correndo atrás de alguma coisa ou de alguém. Um pequeno exército de escorpiões estava com o lugar só para eles. Amontoaram-se em cima de um filhote de lagartixa, quando a pobre coitada nem estava morta ainda. Suas patinhas se agitavam impotentes no ar.

Phineas nos pôs a caminho, após um breve descanso. Ficou dando voltas, olhando para os dois lados, percebendo, como todos nós percebíamos, que algo estava errado. Eu estava prestes a dizer que devíamos voltar quando vi que havíamos parado em frente à casa com a chaleira preta. Phineas bateu. Uma anciã atendeu, lançou-me um olhar zangado e começou a fechar a porta.

— Esta é a casa onde Jesus de Nazaré se hospeda? — perguntou ele.

Ela abriu uma pequena fresta.

— Ele não está aqui — disse.

— Podes nos dizer onde encontrá-lo?

Ela abriu mais um pouco a porta, levou a mão à testa para proteger os olhos do sol e apontou na direção do portão.

— Voltai — disse ela. — Passai por mais duas portas à direita e entrai na terceira. Ele está lá. — A anciã foi embora antes que pudéssemos agradecer.

O cheiro das paredes de pau a pique inundou-me o nariz à medida que fomos descendo um beco tão estreito que eu conseguia tocar as paredes de ambos os lados. Currais de ovelhas atravancavam o caminho. Passamos apertados por eles e seguimos em frente. Ao chegarmos à terceira porta, entramos em uma pequena vila onde havia uma escada em um canto sugerindo a existência de oito habitações separadas. Passamos pelo meio da multidão e seguimos na direção da casa no canto oposto.

Dando tapinhas nos ombros e falando no ouvido de estranhos, Phineas convencia as pessoas a nos darem licença até finalmente chegarmos à casa. Segui-o até seu interior, com Otávia bem atrás de mim. Procurando por entre o grande número de pessoas ali reunidas, meus olhos finalmente se fixaram em Jesus, sentado em uma cadeira ao centro. A barulheira vinda do pátio tornava difícil ouvi-lo.

— Mestre — disse alguém. — Tu curas os nossos doentes, e eu mesmo o tenho visto alimentar tantas pessoas quanto as aqui presentes, até mesmo quase não tendo pão. Alguns dizem que o senhor é Elias.

O calor da sala umedecia sua testa. Pequenos cachos negros estavam grudados em suas orelhas. Quando falava, Jesus era um mestre perfeito, desafiando todos nós a seguir seu raciocínio.

— Vós credes em mim porque eu vos curo quando estais doentes? — perguntou.

Um rubor de vergonha tomou conta de mim. Senti-me como se ele estivesse me dirigindo a pergunta. Eu não tinha certeza da resposta.

— Se anjos descessem do céu e falassem comigo — continuou ele —, assim vós saberíeis quem sou?

Dois homens saíram aos empurrões a caminho da porta.

— Ele acha que é um tipo de profeta — resmungou um deles.

Um garotinho passou zunindo por mim e surgiu logo à frente, acenando acima da multidão.

— Mestre! — gritou. — Tua mãe e teus irmãos estão lá fora.

Jesus olhou para o menino.

— Eles querem falar contigo — continuou o garoto. Um pouco da ansiedade havia sumido de sua voz.

— Minha mãe e meus irmãos... — As palavras foram descendo até o chão.

Houve um burburinho; mais algumas pessoas se dirigiram à porta.

— Ele está fora de si — resmungou alguém.

Ouvimos o som de pés se arrastando e de passos ao longe. Um homem com um turbante marrom listrado passou por nós. Saí de trás de Phineas para ver melhor.

Jesus disse o nome do homem: Simão. Olhei por cima do ombro para Otávia.

— Ir-mão — informou ela, movendo os lábios sem emitir som.

Simão curvou-se para Jesus, tentando lhe falar em particular.

— ... papel de tolo — foi tudo o que ouvi.

A sala ficou tão silenciosa que o rangido da roldana de um poço na encosta do morro pareceu-me muito próximo. Imaginei a anciã que tinha a chaleira pendurada na porta indo buscar água para seu ensopado de peixe. Um novo som de pés se arrastando foi seguido por sussurros altos. Virei-me e vi minha prima entrando na sala. Ela caminhava com segurança e com o esboço de um sorriso nos lábios. Jesus levantou-se para saudá-la.

— Por que vieste aqui? — perguntou educado, porém nada convidativo.

Minha prima olhou para os rostos mais próximos. Ninguém fez menção de lhe dar passagem.

— Nós te esperávamos em casa — disse ela.

— Esta é minha casa — disse Jesus. — Aqui está minha família.

Seus olhos reluziam como os de um homem que não dormia havia dias.

— Vem para casa e descansa — disse Maria. Era mais do que uma sugestão, mas não uma ordem.

Simão virou-se e começou a bater palmas para nós, como um pastor que persegue ovelhas desgarradas.

— Saí — pediu. — Por favor, deixai-nos a sós.

Ele esticou os braços para nos empurrar na direção da porta. Dei passos miúdos e fui andando para os lados, com a mesma frequência que andava para a frente. Cada vez que olhava para trás, para minha prima, ora ela estava falando com intento, ora aguardando ansiosa pela resposta de Jesus. Ouvi apenas partes de sua conversa.

— Como podes falar tal coisa? — perguntou a ele. Após o término de uma longa frase, acrescentou, enfática: — Até mesmo em Nazaré.

— Meu salvador abriu os lábios para responder, mas ela continuou, determinada a se fazer ouvir.

Devo ter perdido a noção do que estava acontecendo à minha volta. De repente, meus pés deixaram o chão e senti os braços de alguém envolvendo minha cintura. Contorcendo-me para ver quem ousava tocar em mim, minha face roçou na barba de Simão. Phineas agarrou o homem pelo pescoço e o apertou até eu sentir que era posta de volta no chão.

Meu criado teria matado o homem se eu não o tivesse feito parar. Ficamos os três como gado perdido. Minha prima aproximou-se de Simão e segurou-o pelo braço com sua mão graúda.

— Eu preferia não te ter encontrado. — Simão virou o rosto para a frente da sala.

— P-perdão — gaguejei. — Eu deveria ter saído com os outros.

Simão curvou-se diante de mim, sugerindo um pedido de desculpas, e foi para a porta.

— Vem comigo — disse Maria. Se eu estivesse esperando por uma explicação sobre o que tinha acabado de se passar entre ela e seus filhos, teria ficado decepcionada. — Há muito trabalho a ser feito antes da refeição da noite.

Atravessamos o pátio rumo à rua. Minha prima tomou o caminho de volta à casa com a chaleira pendurada e entrou sozinha; depois voltou para me buscar. Mandei Phineas e Otávia voltarem ao barco para buscar os cobertores e as lamparinas que eu trouxera de casa como presentes. Segui minha prima pela cozinha até um terraço onde peixes de carne branca secavam ao sol. A anciã cochilava perto da parede.

— Esta é Ana, esposa de Natã — disse minha prima. — Ela tem sido muito boa com meu filho. — A anciã pôs-se de pé e recrutou-me para amassar azeitonas e ervas até formar uma pasta e a moer trigo em uma pedra tão tosca que nem sequer tinha alça. Meus braços doíam, mas não me permiti dar nem um suspiro sequer. Como consolo, imaginei que estava plantando sementes em meu próprio Jardim do Éden.

Minha prima e eu limpamos o peixe e retiramos os grãos de trigo da espiga; depois, levamos tudo para o fogo e misturamos, fazendo um ensopado exatamente como havíamos sido instruídas. Afastei-me do fogo e fiquei observando Maria.

— Costumas vir a Cafarnaum? — perguntei.

— Não muito.

— Mas ouves histórias sobre teu filho.

— Algumas vezes, sim.

— Uma mãe ainda se preocupa com o filho mesmo depois que ele se torna adulto — comentei. Com um movimento calmo dos dedos, Maria retirou pedacinhos de osso do ensopado. Em seguida, veio ficar ao meu lado nas grandes pedras achatadas.

— Tenho medo de que ele não esteja em segurança — confidenciou.

— Mas as multidões o veneram. Quem ousaria lhe fazer mal?

— Tu mesma viste. Ele ofende as pessoas com as coisas que diz, comparando-se aos profetas. Isso é demais para elas.

— E tu? — arrisquei. — Acreditas que ele é um grande profeta e, mais até do que isso, não acreditas? — Em seguida, desejei não ter perguntado. Se ela duvidasse dele, em que eu acreditaria?

— Tenho certeza de que o Senhor que nos dá a vida não quer ver meu filho acorrentado na prisão. — Em nome da segurança do próprio filho, minha prima não defenderia as afirmações de que ele era o Messias. Nem mesmo para mim.

Deixei-a sozinha e fui buscar água para nós. Estava um calor causticante. Quando voltei, aquela expressão tensa em torno de seus olhos havia se suavizado.

— Uma vez, quando era criança, ele saiu correndo de casa à noite — contou-me. — Estava perto da data da festa de Sucote. Tínhamos erguido uma cabana no campo, perto de casa. Isso o fascinou. Achei que tinha saído para admirá-la sob a luz da lua.

"Segui-o para que não saísse andando sozinho. Quando o alcancei, ele estava em cima do muro, observando o céu. Parecia estar ouvindo alguma coisa que eu não conseguia ouvir. Chamei por ele. Ele me respondeu como um sonâmbulo, não totalmente acordado.

"Disse que um dia seria maior do que todos os profetas. Pronunciou essas palavras como se estivesse repetindo uma mensagem que tivesse recebido. Não lhe pedi que se explicasse; apenas abracei-o para acalmar meus próprios medos."

A história de minha prima me abalou. Pus-me de pé, peguei alguns gravetos pequenos de uma pilha e alimentei o fogo.

— Tens medo de que o que ele diz às multidões possa se voltar contra ele — afirmei, cautelosa.

— Quando morava em casa comigo, eu podia cuidar dele — respondeu minha prima. — Não é a mesma coisa agora.

— Mandarei meus melhores criados para protegê-lo — disse-lhe eu. — Darei a ele qualquer coisa de que precise. Dinheiro, comida, um cavalo e uma carruagem para levá-lo pelas cidades.

Maria tirou a panela do fogo.

— Ele precisa viver do jeito dele.

— Posso lhe dar qualquer coisa que queira.

— Tudo o que ele quer é que acreditemos que Deus tomará conta dele.

A anciã, Ana, chamou-nos de volta à sua casa.

— Rápido! — gritou. — Eles estão aqui!

Passei a maior parte daquela tarde na cozinha, ajudando a servir os amigos de Jesus. Eles eram vinte ou mais, todos com as mãos esticadas sobre a mesa, deixando a comida escorrer pela barba, limpando os dedos nas roupas.

Fiquei ocupada fazendo a limpeza depois que comeram e então eu comi, de pé, na cozinha. Após o fim da refeição, minha prima encheu uma tigela com maçãs e amêndoas.

— Leva isso para a mesa e toma teu lugar junto aos outros — disse-me.

Assim o fiz e teria me sentado ao lado do Mestre, não fosse o menino que estava ali ter se achegado para mais perto dele, não deixando espaço para mim.

— Cuza — suspirei baixinho. Nunca tive dúvida do que meu marido esperava de mim. Eu era a esposa do procurador de Herodes. Éramos a família mais importante da região, depois da do tetrarca.

Naquela casa, eu não tinha mais tanta certeza. Éramos todos desconhecidos tentando nos dar bem, apesar de nossas diferenças. Jurei que não voltaria a Cafarnaum.

Jesus nos disse que devíamos cuidar uns dos outros. Olhei pela sala e tentei imaginar como seria. Pescadores, fazendeiros, viúvas, mulheres estéreis — aqueles eram seus amigos mais íntimos. Ainda assim, resolvi que ajudaria seus seguidores da forma como pudesse. Mais uma sementinha plantada em meu Jardim do Éden, há tanto tempo negligenciado.

Otávia e Phineas passaram a noite lançando olhares furtivos para mim. Estava, afinal de contas, sendo tratada como criada. Phineas mal comeu sua comida ou saiu do lugar onde estava, perto da porta. Era um guarda de segurança inato. Otávia conversava com as mulheres sentadas no chão ao seu lado. Eu podia ouvi-la perguntando a elas sobre todas as pessoas presentes na sala.

Bem antes do pôr do sol, minha prima aproximou-se do filho e lhe disse que eu estava de saída para Tiberíades. Estávamos prestes a deixar a casa quando Ana veio falar comigo:

— Arruma lugares seguros onde eles possam ficar durante suas viagens — disse ela, sorrindo pela primeira vez para mim. Ela havia pensado em algo útil que eu pudesse fazer.

— Farei o possível — respondi, imaginando-me tentando explicar isso a Cuza.

Todos nos levantamos de uma só vez, e várias das pessoas na sala nos acompanharam em nossa caminhada de volta à costa. Conforme andávamos pela cidade, nosso pequeno grupo foi crescendo. Os vizinhos saíram de suas casas e nos seguiram. José, o comerciante de especiarias, uniu-se a nós ao longo do caminho. Eu não havia notado sua presença até ele abraçar meu salvador. Devia ter chegado a Cafarnaum naquela hora.

Não demorou muito, deu um jeito de se aproximar de minha prima.

— Abençoada sejas, bondosa mulher — cumprimentou-a.

Ela lhe deu boas-vindas com os olhos, embora tenha sido discreta. Uma expressão inconfundível de contentamento fez-se presente em seu rosto.

Ouvi-o dizer:

— Eu as levarei para Nazaré.

— Duas vacas? — perguntou, espantada com sua promessa. — Vais levar duas vacas para mim?

— Espero não estar te ofendendo — disse ele, reticente de uma hora para outra.

Minha prima logo entendeu que ele falava sério.

— Elas serão um luxo para minha família — assegurou-lhe Maria.

Deixei-os seguirem na frente e caminhei no rastro do aroma adocicado da afeição que nutriam um pelo outro. O enamoramento de minha prima apenas contribuía para aumentar o mistério que a rondava. Jamais consegui desvendá-lo por completo, o que fazia dela muito mais irresistível.

Começamos a descer a colina na direção da costa. Um homem perto da praia balançou os braços e nos chamou.

— Tenho notícias de Tiberíades! — disse ele. Senti um nó apertar em meu estômago. Ele subiu o morro correndo na nossa direção. No momento em que nos alcançou, Jesus ia tomá-lo pelo braço, quando ele recuou. Como um animal selvagem, evitava com veemência o contato humano.

— O Batista está na prisão — informou. — Esperou por Herodes Antipas do lado de fora da sala do Conselho e o acusou em público.

Os homens se agitaram em torno daquele novo visitante, cujo rosto todo encarquilhado lembrava couro ressecado, e os cabelos pareciam um espinheiro. O Batista, fui informada pelas outras mulheres, chamava-se João. Vivia no deserto com um grupo de homens como aquele à nossa frente, afastado do mundo que estava irremediavelmente corrompido.

O selvagem contou-nos a história aos berros:

— João parou Herodes na rua em Tiberíades e o acusou publicamente de infringir a lei.

Precisei pedir novas explicações. Informaram-me que as leis hebraicas proíbem um homem de se casar com a esposa do irmão, a não ser que ela tenha ficado viúva. Mas o delito de Herodes era ainda pior. Herodíades era sua sobrinha.

As coisas agora estavam começando a fazer mais sentido. João, o Batista, insultara Herodes Antipas e humilhara Herodíades. Minha garganta ficou seca. Eu não conseguia falar.

As pessoas começaram a me dar ordens. Eu deveria dar um jeito de livrar o Batista da prisão. Prometi, com uma voz baixa e rouca, perguntar ao meu marido se poderia ajudar. Em seguida, desejei não ter falado nada.

Quando estávamos no barco, avançando pelo mar, voltei os olhos para a costa, na esperança de me agarrar à paz que sentira quando meu salvador me abençoou antes de minha partida.

Fui a Cafarnaum apenas para oferecer meu apoio de uma forma geral e para ver por mim mesma como era a vida de meu salvador. Voltei com incumbências impossíveis de serem cumpridas e vi mais coisas do que queria. Minha prima Maria não conseguira me tranquilizar com relação ao seu filho. Ela mesma estava se esforçando para entendê-lo.

As pequenas ondas passaram de cor de laranja para preto, sob o pôr do sol. Fiquei perdida em meus problemas. Onde encontraria alguém disposto a me ajudar em minha nova incumbência? A quem poderia pedir que abrisse sua casa aos seguidores maltrapilhos que eu havia encontrado em Cafarnaum?

Assim que o anfiteatro de Tiberíades se fez visível, tentei imaginar como conversaria com Cuza sobre a libertação do Batista.

Fechei os olhos e abri-os, apenas porque senti a presença de alguém perto de mim. Otávia surgiu ao meu lado.

— O que ouviste das outras pessoas? — perguntei-lhe.

Suas andanças pela banca do melhor comerciante de seda de Cafarnaum, a competição de pesca que estava por acontecer e outras novidades da cidade me divertiram. Que boa companhia podia ser a minha Otávia! Ela me ajudava a esquecer meu próprio silêncio opressor.

CAPÍTULO OITO

Ide dizer a essa raposa [...].

Lucas 13:32

Cuza estava me esperando no porto de Tiberíades. Pude vê-lo de pé, com os braços cruzados sobre o peito, seu peito largo. Algumas vezes, para parecer mais imponente, meu marido levantava os ombros e se empertigava até ficar o mais alto possível. Isso acrescia um pouco à sua estatura, mas eu, ainda assim, conseguia enxergar sem a menor dificuldade por cima de sua cabeça.

Os criados acendiam as lamparinas à medida que eu ia passando para encontrá-lo. Meu sorriso reluzente dizia que eu havia cumprido a promessa de voltar para casa antes do anoitecer. A ruga acima dos lábios de Cuza estava mais acentuada do que o normal. Pude inferir que tomara decisões sobre algum assunto e que seria melhor eu agir com cuidado.

Em vez de contrair meu maxilar avantajado em resposta à expressão em seu rosto, senti um arroubo de gratidão por ele. Meu marido era um homem bom que procurava fazer de tudo para me agradar. Apertei minha face contra seu rosto macio e quente. Minha proximidade deu fim à sua expressão tensa, apesar de não ter correspondido ao meu abraço. Cuza detestava demonstrações públicas de afeto.

Seguimos pela costa a caminho de casa e estávamos para subir a última colina quando nos encontramos com Manaém, perto dos locais de banhos termais. Não pude vê-lo de minha liteira, mas ouvi Cuza dizer seu nome assim que foi parando o cavalo. Encostei o ouvido na cortina e escutei.

Falaram sobre um assunto corriqueiro de contabilidade, até que meu marido mencionou que eu acabara de voltar de Cafarnaum. Manaém baixou a voz e deu a entender que, quando possível, gostaria de saber mais detalhes sobre minha viagem. Senti que havia segundas intenções. Endireitei-me no banco e fiquei virando minha aliança de ouro no dedo, esforçando-me para não abrir as cortinas e exigir que se explicasse. Ele chegou ao cúmulo de se oferecer para me acompanhar em uma próxima visita. Cuza logo pôs fim à conversa, dando uma de suas típicas respostas curtas:

— Não haverá próxima visita.

Recomendações tempestuosas irromperam de meu marido naquela noite, enquanto se movia agitado pela casa. Não quis saber sobre o meu dia. Por educação, fez algumas perguntas de praxe, às quais respondi com gentileza.

Sim, disse-lhe, fui bem-tratada em Cafarnaum. Meu dia fora agradável. Sim, assegurei-lhe, encontrei meu salvador sem qualquer problema. E, exatamente como ele previra, a brisa estivera a nosso favor enquanto velejávamos.

Conseguimos passar a noite sem brigar, salvo uma divergência passageira.

— Conheces um pregador chamado João Batista? — perguntei quando ia me deitar.

Cuza reconheceu o nome em seguida.

— Seus amigos estão preocupados com ele — disse eu, talvez com mais urgência na voz do que deveria.

— Não deveriam estar — resmungou Cuza. — Está preso, mas não foi condenado.

— Achas que podes ajudá-lo? — perguntei.

A ruga perto dos lábios de meu marido acentuou-se novamente.

— Este homem não é problema teu. — E concluiu, acrescentando: — Na próxima festa judaica, a multidão exigirá sua liberdade. É assim que as coisas funcionam. Fica fora disso.

Meu marido foi sábio em me lembrar do costume. Herodes sempre libertava um prisioneiro durante as festas mais importantes. Dei um sorriso amarelo para mostrar que estava satisfeita, mas não estava, não totalmente. Já era algum consolo saber que a Festa das Luzes dos hebreus estava próxima.

Tarde naquela noite, Cuza veio ao meu quarto. Eu estava fazendo algumas anotações sobre assuntos de casa em meu bloco. Ao se aproximar de minha cama, parou e sorriu timidamente. Tinha a voz convidativa. Disse-me que se surpreendeu com a saudade que sentira de mim durante o dia. Há anos que não falava comigo daquela forma. Pus minhas anotações de lado. Disse-me que eu estava mais bela do que nunca. Minhas faces e minhas formas haviam ficado mais atraentes e arredondadas.

Levantei-me e dei um passo à frente. Ele estendeu os braços para mim. Seus lábios firmes e estreitos em contato com a curva de meu pescoço despertaram sentimentos antigos. Cuza não me tocava com tamanha paixão desde que eu perdera nossos filhos.

Após anos separados por causa de minha doença e de outras preocupações, meu marido retornava à minha cama.

Antes do amanhecer, senti a respiração regular do sono pesado dele. Como uma nova mulher, fiquei desapontada quando ele logo pegou no sono, à noite. No momento em que estava pronta para abrir meu coração, suas coxas rijas caíram como chumbo sobre as minhas. No entanto, naquela noite, acariciei seus cabelos curtos, passei as mãos por seus ombros de aço e abracei-o para protegê-lo. Cuza era um tesouro sem igual.

No dia seguinte, no jardim, fiquei atrás de Strabo enquanto ele podava as roseiras antes da chegada do frio, gritando, quando ele as cortava demais. Pobre homem! Cada vez que ameaçava arrancar uma erva daninha eu me punha à sua volta para me certificar de que não se tratava de nenhuma flor delicada que valesse a pena ser salva. Ele entendia de jardim mais do que eu jamais entenderia, mas ficar ali com ele dava sentido à minha vida.

No jardim, eu conseguia organizar meus pensamentos. A terra rica e recém-revolvida e a superfície reluzente das folhas umedecidas me tranquilizavam. Uma ordem natural reinava ali. Talvez fosse o mesmo poder divino que guiava minha própria vida.

Meu marido chegou em casa antes do anoitecer. Ofereci-lhe uma bebida feita de zimbro, uma da qual gostava muito, mas ele não teve tempo de aceitá-la. Reduziu seu ritmo apenas o suficiente para deslizar a mão por meu braço, antes de se dirigir aos seus aposentos. Eu ainda não havia conseguido lhe falar sobre as promessas que fizera em Cafarnaum. Aquilo estava começando a me deixar esgotada.

Antes do jantar, instruí os criados a nos deixarem a sós depois que as mesas estivessem postas e nossos sofás arrumados sob as nogueiras-pecã.

Estas estavam entre minhas últimas aquisições. Desde que conhecera José, o comerciante de especiarias, eu o chamara diversas vezes para pedir que trouxesse sementes e mudas.

Como era discreto, sem jamais deixar transparecer o quanto gostava de minha prima, pelo menos uma vez eu havia descoberto algo sozinha, sem a ajuda de Otávia.

Cuza veio para o jardim ostentando uma capa e todo o seu ouro palaciano, vestido para a festa de aniversário de Herodes. Apenas os homens da corte e os oficiais haviam sido convidados. Aceitei seu beijo ligeiro no rosto, mas o segurei pela mão, retardando sua saída.

— Irás falar com Herodes sobre o Batista? — perguntei.

— Verei — respondeu. Lá estava aquela ruga profunda, novamente dividindo seu rosto. Sua forma de dizer não.

Meu marido chegou em casa muito tarde, subindo as escadas com passos pesados, passando pelo meu quarto rumo aos seus aposentos. Em seguida, retornou ao meu quarto. Tinha o rosto pálido e lustroso. Achei que talvez tivesse exagerado na bebida, o que não era típico dele. Cuza jamais baixava a guarda quando estava na corte. Encarou-me, sua expressão alternando entre raiva e medo.

— O Batista está morto.

Puxei o cobertor para bem perto de mim.

— Herodes mandou executá-lo. Sua cabeça foi o prato final. Veio em uma bandeja. — Os ombros de Cuza começaram a tremer por causa de uma risada artificial.

Estava acostumado a execuções. Quando era soldado, ainda jovem, conseguia quebrar o pescoço de um homem com as mãos. Na arena, jamais o vi desviar os olhos quando tigres selvagens despedaçavam os prisioneiros.

Tinha uma grande tolerância à violência, como todos os homens da corte de Herodes precisavam ter.

— Herodíades está por trás disso — disse ele.

Eu estava para perguntar por quê, quando me lembrei da história daquele homem arrebatado. O Batista a insultara ao acusar seu marido.

Cuza elevou as mãos, virado para mim, como se elas fossem uma balança com um objeto em cada prato.

— O Batista e o milagreiro — repetiu, ora subindo uma, ora outra, até que as mãos encontraram o equilíbrio. Os cabelos de meu braço se arrepiaram em onda.

— Um deles agora está morto.

— O que queres dizer?

Meu marido se deixou cair contra a porta, ainda mantendo os pesos imaginários nas mãos.

— Cuza, estás me assustando.

Olhou para as próprias mãos, curioso com o que encontrara nelas.

— Joana — disse ele. Estava tentando encaixar meu nome em sua terrível equação.

Fui tranquilizá-lo, mas ele apertou os braços contra o peito e não me deixou chegar perto.

— Não! — gritou. — Fica aí.

Apontou o dedo grosso para meu rosto.

— Eu te proíbo. Proíbo de ir a Cafarnaum.

Então me deixou, saindo a passos pesados pelo corredor, rumo aos seus aposentos. Aturdida, ouvi-o bater a porta dos armários e jogar objetos pesados no chão. Andou, sentou-se, andou outra vez. Não havia vestígio algum de sono naquele homem.

* * *

Na manhã seguinte, Cuza já havia saído antes de eu me levantar. Lembrei-me de que tinha uma reunião com mercadores de ouro de Corinto, para negociar tarifas.

Quando ainda estava escuro, chamei Otávia. Contei-lhe sobre a decapitação de João Batista.

— Descobre o que puder sobre as circunstâncias de sua morte — disse eu.

Suas sobrancelhas grossas se ergueram, formando dois arcos.

— O salvador sabe?

— Sabe — respondi. Nunca era uma boa ideia, em se tratando de Otávia, mostrar que eu não sabia a resposta.

— Vai ao mercado. Ouve o que é dito por lá e toma cuidado.

Otávia retornou no meio da manhã.

— Os seguidores de João Batista estavam do lado de fora do palácio — contou-me. — Alguns deles começaram a atirar pedras nos portões. Os soldados atacaram a multidão.

Levantei-me do sofá e fui à janela. Não havia ninguém na rua. Ela estava assustadoramente tranquila. Ninguém diante de nossos portões e jardins.

— O que as pessoas estão falando sobre sua morte? — perguntei.

— Foi Herodíades que mandou matá-lo. Queria vingança.

— Essa mulher é perigosa — falei. — Eu não confiaria nela como amiga.

Olhei para Otávia. Era minha criada, mas também minha melhor amiga.

Meu marido não voltou para casa durante dois dias. Chegou em uma tarde, protegido por guardas armados. A cidade estava sob toque de recolher.

Um número considerável de rebeldes havia sido preso. Herodes estava furioso por causa da rebelião. Da forma como via as coisas, nunca era culpa sua quando havia tumulto.

Cuza e eu fomos para nossos quartos separados, ele para dar voltas e esmurrar a mobília por mais uma noite. Preparei-me para lhe contar algumas das coisas que me preocupavam.

Na noite seguinte, ficamos em casa. Antes de ir dormir, fui aos seus aposentos.

— Tinhas razão — admiti. — Eu não queria ver. Cafarnaum é perigosa demais. Juro para ti, Cuza, não irei te pedir de novo. — Não consegui dizer alto o que nós dois sabíamos. Não era seguro para Cuza que eu seguisse um amigo íntimo do Batista.

Meu marido tinha os olhos vermelhos e estava exausto. Parecia mais disposto a falar do que estivera havia muito tempo.

— Herodes deixou os seguidores de João Batista levarem o corpo — contou-me. — Isso os satisfez.

— O que vai acontecer?

— Voltaremos à vida normal.

A partir daquele dia e durante muitos que se seguiram, meu marido ficou consumido pelo trabalho. Fiquei fora de seu caminho e passei as tardes em meus aposentos, com Otávia. Tal como ele, eu estava completamente desnorteada e procurei me manter ocupada. Fiz listas de amigos em quem poderia confiar para pedir um favor. Será que arrumariam um lugar para Jesus e seus discípulos quando eles passassem por seu caminho?

Otávia tentou ajudar sugerindo nomes. Rejeitou todos os que eu escolhera, e eu, os que ela sugerira. Acabei com uma lista composta de três nomes. Meu jardineiro, Strabo, tinha um irmão que morava em Decápolis e que trabalhava para mim quando eu precisava de algum trabalho extra. Havia também a tia de Otávia, a esposa de um pedreiro na Cesareia de Filipe. Uma terceira possibilidade, menos promissora, era a irmã de minha cozinheira idosa, Bernice. Minha bondosa criada trabalhava comigo desde quando eu me casara. Eu sabia que ela tinha uma irmã, uma pastora de cabras excêntrica que morava sozinha nas colinas além de Naim. Bernice sempre falava dela como uma mulher generosa. Preparei uma cesta para a pastora de cabras.

Nenhuma de minhas três escolhas tinha o menor interesse em agradar os romanos ou as autoridades hebraicas. Até onde eu sabia, todas elas eram boas pessoas. E todas poderiam usufruir de um pouco de dinheiro.

Todas as tardes, Otávia e eu trabalhávamos na cozinha com Bernice. Ela era praticamente cega, mas ainda muito capaz de trabalhar com as mãos de tão familiarizada que estava com a disposição da cozinha.

Embalamos peixe salgado, óleo de palmeira e jarros de mel para um mensageiro levar junto com meu pedido de alojamento. Um dia, quando a brisa marítima agitava os lençóis limpos que secavam no pátio, Otávia olhou de relance para mim e para Bernice, sugerindo que queria falar a sós comigo. Pedi licença à minha criada quase cega.

Bernice mal se havia ausentado quando Otávia se pôs a falar.

— Ficamos todos na mesma sala em Cafarnaum — começou ela. Era verdade, eu não podia discutir. Todos nós, qualquer que fosse nossa origem, estávamos amontoados na mesma sala para ficar perto de Jesus.

— Achei desconfortável — respondi sem querer, distraída com minha tarefa.

— As mulheres estavam junto dos homens — insistiu. — Escravas e senhoras, juntas. Tu e eu trabalhamos na cozinha.

— Como fazemos aqui — sugeri, não muito certa do que ela queria dizer. — Eu gostaria que alguns pais tratassem os próprios filhos tão bem como o pior de nós foi tratado em Cafarnaum. Vê teu caso... teu pai te vendeu como escrava, mas poupou tua irmã mais velha. — Otávia franziu a testa para me avisar que eu não tinha entendido nada do que dissera.

— Todos nós comemos na mesma mesa — disse ela.

— Foi estranho — concordei, certa de que ela tinha achado aquilo pouco usual também.

— O Mestre disse que era assim que devia ser — corrigiu-me.

Parei o que estava fazendo. Minha criada estava confusa. Entendi por que isso acontecera, mas senti que precisava esclarecer os fatos para ela.

— Todos nós temos nosso lugar neste mundo — comecei. — Foi isso o que Jesus me disse, nesta casa, na noite em que me curou.

A pele amarelada de Otávia ficou coberta de manchas vermelhas, no entanto, não me respondeu.

— Ele me disse que tomasse conta dos que vivem nesta casa — continuei. — Sou responsável por ti.

Otávia brincou com o saco de palha em cima da mesa.

— Estou pedindo a ti — disse-me — que me dês a minha liberdade.

Minhas mãos caíram ao lado do corpo, como se pertencessem a um cadáver. A agitação em meu peito convenceu-me de que eu estava à beira de um acesso de tosse. Respondi-lhe de uma forma que acabou saindo como um sussurro:

— És infeliz aqui, Otávia?

— Não nasci para ser escrava.

— Mas somos praticamente irmãs — disse eu. — Dou-te de tudo. É assim que me correspondes?

— Nada é mais valioso para mim do que minha liberdade. — Não demonstrou nenhuma gratidão. Eu deveria tê-la tratado como um peso de porta durante todos esses anos.

— Não posso discutir este assunto — respondi. — Não agora.

Otávia ficou emburrada. Ficamos as duas em silêncio.

Quando a lei e a ordem foram restabelecidas na cidade e o toque de recolher finalmente suspenso, recebi um convite vindo do palácio do tetrarca. O lacre com um escaravelho dourado pertencia a Herodíades.

"Para as damas da corte", dizia ele, "uma exposição particular... e uma nova aquisição", e assim por diante. "Cinco horas da tarde", o dia vinha especificado. Em seus aposentos, não haveria escapatória. Cuza nada sabia sobre o assunto quando lhe perguntei.

— Ela quer mostrar às mulheres seu novo bichinho de estimação — sugeri. — Posso até ouvi-la. — Imitei seu sotaque gutural: — Senhoras, por favorrrr, minha pan-te-ra que foi cap-tu-ra-da para mim na Eendia.

— Cuidado — alertou-me Cuza.

— Podereis beeijar o nariz dela, seee quiserdes.

Meu marido balançou a cabeça em reprovação ao meu desempenho.

Vesti-me com simplicidade naquela tarde, na tentativa de não superar minha anfitriã, o que seria difícil. Seus tornozelos tatuados e suas palmas pintadas com hena estavam além de meus limites. E seus cabelos... longe de mim avisá-la para não usá-los daquela forma. Eles caíam sobre sua testa como uma cortina negra, no estilo Cleópatra.

Criados e pajens curvaram-se frente a frente para nos receber no palácio. Passei pelo novo jardim de Herodíades, onde havia cactos esculpidos na forma de partes do corpo masculino. Muitos meses, meses felizes, haviam se passado desde que eu vira os aposentos de Herodíades pela última vez, com suas paredes de mármore seixosas e festões vermelhos pendurados em cada porta.

Sem ser notada, detive-me diante de um mural próximo a um sofá roxo. Levei um momento para reconhecer a cena. Um grupo de ninfas com cabelos desgrenhados escondia-se na mata sob as estrelas do amanhecer. Aproximando-se de um acampamento de homens que dormiam no chão, elas se achegavam na ponta dos pés.

De onde eu estava, precisei olhar com mais atenção para ter certeza do que estava vendo. Torturadoras, elas atacavam os homens incautos em nome do próprio prazer.

Recuei tão chocada pela cena erótica como se tivesse me deparado com ela na vida real.

Herodíades nos deixou esperando e entrou com criados em seu rastro. Quatro deles traziam um objeto grande, na forma de um domo, coberto por um pano negro, que eles colocaram sobre uma mesa perto do centro da sala. Todas nos aproximamos assim que ela fez um sinal para nós. Herodíades não era boa em discursos. Colei um sorriso nos lábios.

— Senhoras, ouvi-me — começou ela, acenando para nos aproximarmos. — Tenho algo que vós ireis querer ver.

Sua voz era um gorgolejo grosso. Mantive meu sorriso, apesar de sua pausa longa e estranha.

— É isso mesmo — continuou, apontando para a carga misteriosa. — Eu quis ganhar este prêmio. — Mais uma pausa tensa e então se virou e estalou os dedos para o criado, que deu um passo à frente e levantou o véu.

Herodíades dobrou as mãos em volta da fivela enorme de pedra que lhe apertava o estômago.

Vi uma caixa de ferro parecida com a porta entrelaçada de uma prisão. Herodíades abriu o trinco.

— Todas podeis ver? — perguntou. — Olhai aqui, por favor. — A porta estava aberta. Eu estava perto e tive uma visão clara. Uma cabeça humana jazia dentro da caixa, a língua para fora da boca aberta.

Deixei cair minha taça, que rolou ruidosamente pelo chão. Um ruído contínuo se seguiu assim que mais taças escaparam de mãos apavoradas. Arquejos e risadinhas agudas repercutiram pela sala. Algumas das mulheres nos fundos vieram para a frente. Cheguei para o lado, sentindo-me tonta a ponto de desmaiar.

Um guarda entrou carregando uma lança de ponta afiada. Com poucos e precisos golpes, espetou a cabeça, retirou-a da caixa e a entregou a Herodíades. Ela ficou radiante, empunhando a lança como um guerreiro que empunha os restos do inimigo.

Um criado próximo a ela segurou a lança para estabilizá-la. Herodíades arrancou a faca do cinto do criado e arrancou um olho do rosto ferido do Batista. Em seguida, soltou um grito de puro deleite mostrando seus dentes de cavalo.

— Todas, segui-me! — gritou. Dançarinos apareceram subitamente e, seguidos por músicos, passaram em desfile pela sala. No momento em que Herodíades virou as costas para mim, corri para a porta abanando-me diante dos criados como se para dizer que a excitação havia sido demasiada.

Corri pela colunata, seguindo o som de água corrente até chegar ao pátio. Tinha os olhos praticamente fechados enquanto corria. A cabeça ensanguentada, os dentes quebrados, a pele recortada pelo machado. Eu jamais vira aquele homem — vivo. Engasgada, apoiei-me em uma coluna e fiquei imóvel. Demorei algum tempo até me sentir capaz de voltar.

Tomando o caminho por onde viera, passei por vários quartos que eu não havia percebido. Ao passar em frente a um deles, ouvi o som inconfundível da voz de Herodes.

— Joana! — chamou-me.

Detive-me sem sequer saber de onde vinha a voz.

— Aqui! — gritou. — Estou aqui. — Entrei por uma porta dupla, larga, que dava para um quarto azul, onde golfinhos nadavam em um mural. Era como estar debaixo d'água.

— Jo-a-na — Herodes chamou-me com um jeito amoroso quando me aproximei de sua poltrona.

Ele apontou para outra poltrona perto da dele, porém mais baixa. Sentei-me e ergui os olhos.

— Bem — disse-me. — Muita coisa tem acontecido.

— Espero que estejas bem, Herodes Antipas — disse eu, sorrindo como um bobo alegre.

— E tu estiveste em Cafarnaum, onde mora teu salvador.

Estendi minha resposta, esperando não falar demais.

— Sim, sim, estive.

— Conta-me sobre Jesus — pediu Antipas. — Chamam-no de rabi, não é?

— Ele é muito bondoso — respondi. — As pessoas correm para vê-lo.

— O que ele fala sobre mim?

— Sobre ti? Não o ouvi dizer nada sobre Herodes Antipas.

— Ótimo, já estou gostando mais dele.

— Ele fala sobre como viver bem.

— E o que ele fala sobre isso? — Um chão de mármore banhado em óleo não era mais escorregadio do que Antipas.

— Ele diz que o paraíso fica dentro de cada um de nós. Podemos fazer nossa vida aqui se parecer mais com o paraíso por causa de nossas boas ações.

— Estás dizendo "nós", Joana. Devo entender com isso que tu te tornaste um desses... seguidores de Jesus?

— Bem — disse eu, tentando esconder meu erro —, todos nós somos livres para seguir seus ensinamentos.

A risadinha funesta de Herodes deixou meus lábios trêmulos. Olhei para seu queixo proeminente, seus olhos pequenos e unidos. Raposa era o animal correto. As pessoas o chamavam assim pelas costas.

— Joana e os seguidores de Jesus — escarneceu ele. Uma contração em seu olho fez sua pálpebra vibrar continuamente. — As multidões o adoram. E ele as batiza. Ele é como o outro, aquele cuja cabeça agora pertence à minha esposa. — Deteve-se, e parecia estar mais uma vez ouvindo a própria sabedoria. — É claro — continuou, empolando as palavras. — Jesus é o Batista trazido de volta à vida.

Não consegui levantar de minha poltrona. Senti-me como uma estátua de pedra presa para sempre no granito esculpido. Não havia como negar. Ao meu lado, estava um homem no limiar da loucura.

— Joana — disse Herodes. — Eu gostaria de me encontrar com esse teu mestre. Quero ouvi-lo. Consiga isso para mim. — O brilho em seus olhos sinalizava um fogo perigoso.

— Ele viaja com as caravanas — resisti. — Não pode deixar seu trabalho em Cafarnaum. As pessoas vão a ele quando querem vê-lo. Ele passa todo o seu tempo com os doentes. — Tentei tudo o que pude imaginar.

— Calma, Joana — tranquilizou-me Herodes, em tom jocoso. — Não preciso me encontrar com ele imediatamente. Assim que puder, consiga um encontro.

— Meu marido me disse que não posso mais voltar a Cafarnaum — rebati. — Meu lugar é aqui, na corte.

— Teu marido é um homem inteligente — sorriu Herodes. — No entanto, teu tetrarca diz que podes voltar. Ou manda um recado dizendo a teu salvador que Herodes Antipas quer se encontrar com ele. Deixo os detalhes contigo.

Herodes levantou-se e esticou a mão. Beijei seu anel, olhando de relance para seus olhos. Lá estava, mais uma vez, aquele brilho lunático.

Passei o resto daquele dia escondida em meus aposentos, prestando atenção à hora em que meu marido chegaria a casa. Otávia preparou-me um banho quente, o que não me acalmou. Nada comentei com minha criada. Mal estávamos nos falando, o que tornou as coisas mais fáceis.

Finalmente Cuza entrou pelo pórtico. Meu espelho dizia que a tarde que eu passara tomando banho, descansando e enrolando meus cabelos realmente ajudara a disfarçar meu humor abalado. Fiquei perto da janela que dava vista para o jardim. Romãs maduras jaziam abertas em seus galhos, como caixas de joias expelindo rubis. Tamanha beleza já era um consolo.

— Meu marido — disse eu, estendendo os braços para Cuza e sorrindo. Senti-me forte pelo simples fato de tê-lo ao meu lado. Ele não estava mais tão agitado quanto nos dias que se seguiram à festa de aniversário sangrenta de Herodes. Apertei meu rosto contra seu peito. Sem me fazer perguntas, ele me abraçou em silêncio.

Finalmente conversamos em voz baixa. Contei-lhe sobre meu dia aterrorizante no palácio, repetindo cada diálogo de que pude me lembrar. Ele me deixou falar, privando-se de fazer perguntas, disse apenas que Herodes parecera estar de bom humor durante a reunião do Conselho, mais cedo naquele dia.

— Eu gostaria de mandar Phineas falar com Jesus — disse-lhe. — Perguntar ao Mestre se ele concordaria em ir ao palácio se encontrar com Herodes. Eu arrumaria alojamento seguro para ele.

Cuza considerou minha sugestão por algum tempo, antes de corrigir-me.

— Phineas não — retificou. — Manaém.

— Manaém? — Devo ter engasgado. — Por que Manaém? Phineas sabe onde encontrar Jesus.

— Manaém convencerá o rabi de que ele estará seguro aqui.

Passei os dedos na testa, tentando desfazer a tensão sob minha pele. Não adiantaria discutir. Cuza mandou um mensageiro pedir a Manaém que viesse à nossa casa na manhã seguinte.

O guerreiro encourado chegou prontamente. Olhou para mim com seus olhos verdes cristalinos. Julguei ter visto um olhar de admiração. Fiquei parada, tentando interpretar suas verdadeiras intenções.

Servi-lhe bolo de passas e laranja. Afinal de contas, Manaém era amigo de meu marido. Cuza permitiu que eu ficasse na sala enquanto explicava seu pedido. Falou como se estivesse descrevendo uma missão.

— O tetrarca quer se encontrar com o salvador de minha esposa — começou. Os olhos de Manaém vagaram pela sala. Algo o estava fazendo se sentir apreensivo. — Estás para passar perto de Cafarnaum por esses dias? — Por coincidência, Manaém estava para receber uma carga de cobre vinda do Norte. A caravana estaria em Cafarnaum dentro de poucos dias.

Cuza não entrou em detalhes. Era aparente a forma como trabalhavam juntos, comunicando-se por meio de frases inacabadas.

— Posso parar no caminho — disse Manaém.

— Minha esposa conhece a casa onde Jesus mora — disse Cuza.

— Creio que também a conheço — retrucou Manaém.

— Conheces? — perguntei. Parecia-me que ele tinha um conhecimento maior do que o de passagem.

— Tenho certeza de que posso encontrá-la — corrigiu-se.

Descrevi a casa, atenta a outros indícios de que ele já conhecia o caminho. Era óbvio que sabia mais do que deixava transparecer sobre Jesus.

— O que devo dizer a ele? — perguntou.

— Por favor, diz a ele que o tetrarca está curioso para ouvi-lo — respondi. — Diz-lhe que Joana, esposa de Cuza, providenciará sua vinda de barco. Diz a ele que isso é muito importante, que eu mesma irei lhe arrumar um alojamento seguro enquanto estiver aqui.

Durante todo o dia rezei para que Manaém voltasse logo e trouxesse meu salvador. Acrescentei algo às minhas orações, que jamais experimentara antes: jejuei. Não comi nem bebi coisa alguma. Pensei nisso como mais um pequeno avanço em meu jardim recém-recuperado, um esforço secreto que estava em progresso e que, ultimamente, vinha-me à cabeça todos os dias. Era uma satisfação e tanto imaginar menos pedras e folhas mortas em meu caminho.

Na tarde do décimo segundo dia, Manaém finalmente retornou. Ficara fora muito mais dias do que eu esperava. No entanto, quando tocava no assunto com meu marido, este dizia que a caravana poderia ter se atrasado ou que o embarque talvez não estivesse dentro dos padrões. Cuza não estava preocupado com o atraso.

Manaém veio falar com meu marido em nossa casa, embora pudesse ter esperado para falar com ele a sós. Fiquei grata por sua cortesia. Ela me permitia ouvir diretamente o que ele havia encontrado em Cafarnaum.

Meu marido recepcionou Manaém na sala verde, que é menor, mais fácil de aquecer no inverno e mais privativa do que os cômodos principais da casa. Após um tempo, Cuza mandou me chamar. Percebi um vestígio de pesar nos olhos de Manaém quando olhou para mim.

— Encontrei Jesus em Cafarnaum — disse ele. — E falei-lhe sobre a vontade do tetrarca.

Sorri esperançosa.

— Ele se recusou a vir.

Levei a mão diretamente aos lábios antes de ser capaz de detê-la.

— Os ossos de seus ancestrais estão enterrados no solo onde hoje jaz Tiberíades — lembrou-nos Manaém. — A cidade está impura. Jesus não entrará nela.

Gemi e virei as costas.

Cuza examinou o rosto de Manaém, até se dar por satisfeito. Em seguida, disse:

— Esse curandeiro de Nazaré não é nenhum tolo.

 CAPÍTULO NOVE

Então, disse Maria: "Aqui está a serva do Senhor [...]."

Lucas 1:38

Pilatos e sua esposa, Cláudia, pararam em Tiberíades durante uma viagem pelas províncias. Foi uma breve visita, mas eu estava dando boas-vindas a qualquer distração. Desde que Manaém voltara de Cafarnaum com notícias sobre Jesus, eu evitava Herodes. Uma visita de Pilatos o manteria ocupado por mais um tempo. Eu não estava ansiosa para explicar a recusa de meu salvador em obedecer às ordens de Herodes e vir a Tiberíades. Não havia desculpa para tal rebeldia, apesar de todas as que eu inventava.

A chegada de Pilatos à corte de Herodes foi uma bênção em vários sentidos. Rivais, há muito tempo teriam declarado ódio mútuo não fosse o fato de viverem sob a mesma lei: não há amigos ou inimigos permanentes entre os governantes. A visita era apenas mais um teste de limites.

Acredito que Pilatos soubesse da carta maliciosa que Herodes escrevera para César. Descobri isso quando Manaém confiou a informação a Cuza. Parece que, quando o tetrarca retornou de sua última viagem a Jerusalém, encontrou algo de novo para criticar em relação à habilidade de Pilatos como governador. Ele lhe escrevera para reclamar que Jerusalém, a joia da coroa do leste do Império romano, estava um campo de batalha.

Quer aprovasse ou não os espiões de Manaém, eu ficava exultante com a fofoca que eles causavam. A carta de Herodes acusava Pilatos de não conseguir manter os prédios públicos tão limpos quanto eles deveriam ser. Apenas mais uma tentativa sua de aparecer à custa do governador.

Na manhã da chegada de Pilatos a Tiberíades, sua esposa, Cláudia, era o rosto mais reluzente em sua própria festa de recepção. Seu queixo real, agora aumentado para três dobras, mostrava o colar de rubis estrangulando-a de tão apertado. Fiquei fascinada com seu vestido, todo bordado e com acabamentos em babados. Achei que se tratava da última moda em Córdoba.

A cabeça gigantesca do governador virava-se vagarosamente sobre os ombros caídos. Ele era uma tartaruga extenuada dentro de um uniforme romano. Tão logo meu marido e eu fomos anunciados, Herodes acenou para Cuza, pedindo que se aproximasse. Atravessamos o pátio e iniciamos os cumprimentos oficiais.

Herodíades mal pareceu nos reconhecer, pois nos encarou de forma inexpressiva. Acredito que Cláudia tenha percebido minha falta de jeito com a esposa do tetrarca, pois me pegou pelo braço e, daquele momento em diante, dei a ela toda a minha atenção.

— Joana — começou ela, instigadora e encantada. — Ficarás morrendo de ciúme — disse com a voz estridente. — Nicolas esteve em minha casa.

Tudo empolgava Cláudia.

— As paredes de minha sala de jantar estão agora pintadas com a mais bela vista do interior de Roma — balbuciou. — Ninguém jamais viu tantas uvas.

— Que patriótico!

— Já ouviste falar de Júlia?

A menção ao nome da esposa de César chamou minha atenção.

— Chamou-me para ir à casa dela, em Roma — suspirou Cláudia. — Ouvi dizer que a vila onde mora é decorada com o que há de melhor no Estado.

Pude perceber que minha amiga se preparava para dizer alguma coisa.

— Contudo — continuou —, consegues imaginar uma mulher como aquela vivendo sozinha em Roma enquanto o marido mora em Capri?

Corria o boato de que Júlia contraíra sífilis e de que Tibério César nada tinha a ver com a história. Seu único interesse em Roma parecia ser a provisão constante de criados masculinos que a cidade tinha a oferecer. Um novo embarque de rapazes chegava todos os meses a Capri.

— Ela raramente vai vê-lo — sussurrou Cláudia. — É uma pena.

Assenti solidária, mas privei-me de comentar.

— E tu, minha criança? Como consegues aparentar tão bem?

Atraída por sua lisonja, eu estava prestes a lhe responder, quando seus olhos se arregalaram, e ela girou várias vezes o pulso no ar.

— Lembrei! — exclamou. — O curandeiro do qual me falaste... Qual o nome dele? Ele te curou, não foi?

— Muito bem, minha senhora! — respondeu Herodes. Ele se aproximara furtivamente de nós. — Temos nosso próprio caso de cura milagrosa aqui na corte — disse ele. — Conta-nos, Joana, que fim levou o teu curandeiro?

Tentei falar alguma coisa, qualquer coisa, mas nenhuma palavra me ocorreu. Herodes girou sobre os calcanhares, correu o olhar pela sala e chamou Cuza.

— Meu procurador sabe de tudo — disse, com voz estridente.
— O que podes nos dizer sobre o curandeiro de tua esposa, Cuza? Estou à espera dele.

— Mandei-lhe recado — respondeu meu marido, aparentemente tranquilo. — Jesus de Nazaré disse que não pode entrar em Tiberíades.

O sorriso do tetrarca começou a falhar. Meu marido concluiu calmamente a notícia:

— É uma violação da lei hebraica.

— Violação? — A voz de Herodes soou como vidro se estilhaçando.
— Violação de que lei? — Herodes voltou-se para mim. Ele sabia que os hebreus evitavam a capital construída por ele, por ela ter sido erigida sobre um antigo cemitério. Ele parecia querer uma explicação melhor.

— Quem é esse curandeiro de Nazaré? — debochou Herodes.
— Como ele ousa dizer não ao seu tetrarca? — Resmungando para si mesmo, deixou escapar uma risada lunática. — Tu deverias ter me contado isso antes, Cuza — alertou-o, quase como se zombasse dele.
— Agora terei de ficar pensando por que meu procurador escondeu essa notícia de mim.

Em frente a toda a corte reunida, com Pilatos como testemunha, Herodes ousara insinuar deslealdade por parte de meu marido. Ninguém teceu comentário algum. Ficaram todos parados, preocupados com o próprio destino. Herodes poderia se virar contra qualquer um, a qualquer momento.

— Está fazendo frio aqui — resmungou Pilatos, indiferente.
— Vou entrar.

Antes de deixar o palácio naquele dia, passei mais uma vez por Cláudia. Ela me perguntou se eu a acompanharia até os banhos termais durante sua estada em Tiberíades. Ouvira falar sobre uma fonte privativa para mulheres, de propriedade de duas irmãs, que ficava em uma terra por elas herdada da família. A menção daquela lama vaporosa era desencorajadora.

— Será uma honra — disse eu, curvando-me diante dela.

— Ainda não tivemos tempo para isso — disse-me. Seus olhos galantes reluziram.

Em casa, Cuza e eu passamos a noite na sala verde nos aquecendo contra os eventos arrepiantes do dia. Fiquei completamente abalada com o comportamento de Herodes.

— Conta de novo — pedi, aninhada no sofá, ao seu lado. — O que, exatamente, contaste a Herodes sobre Jesus?

Cuza tapou os ouvidos com as mãos, a fim de me desencorajar a continuar pressionando-o.

— Estás agindo como uma tola — disse ele. — Já te contei a verdade.

— O que sabes sobre as leis dos sepultamentos religiosos?

— Muito pouco.

— Falaste como se fosses um especialista.

— Ouço o que dizem meus empregados em Séforis; é assim que fico sabendo. Alguns de meus melhores carpinteiros e construtores se recusam a trabalhar em Tiberíades, a despeito do quanto precisem do dinheiro. Preferem passar fome.

Cuza estava habituado aos testes de Herodes. Eu desejava ardentemente esgotar cada detalhe. Mais do que tudo, eu queria ter certeza de que Herodes desistiria de tentar atrair Jesus para a corte. Recostei-me em meu marido, tranquilizada por sua segurança.

* * *

No dia seguinte, conforme me aproximei das fontes de águas termais, pensei que deveria ser assim que o barqueiro místico, Caronte, sentia-se quando transportava as almas condenadas para o submundo. Vapores subiam da água como certamente subiam do rio do inferno. Entrei na piscina como uma mulher banida para o local da morte e dos sonhos aterradores.

Meu propósito me manteve firme. Eu precisava impressionar Cláudia Prócula com a verdade sobre o meu salvador. Ela poderia me ajudar, talvez até mesmo ser uma aliada, se ao menos entendesse.

Encontramo-nos cedo naquele dia, na piscina privativa. Eu conhecia as irmãs proprietárias do terreno. O pai delas fora o principal ourives de Herodes, até atingir uma idade muito avançada. Elas usaram sua herança para tratar as mulheres que sofriam de todos os tipos de enfermidade. Estavam convencidas de que seus banhos minerais eram medicinais.

Uma névoa quente pairava acima da água. Cláudia tirou o roupão de linho e expôs sua pele cor de casca de pistache. Fui para a piscina, minha franja ficou colada na testa por causa do vapor.

Ao tirar vagarosamente o roupão, revelei um corpo que teria me causado vergonha durante os longos anos de minha doença. Agora, ao contrário, eu exibia ombros arredondados e curvas roliças como prova de que havia recuperado a saúde. Entrando aos poucos na água e erguendo o queixo para não encostar o rosto na superfície oleosa, boiei durante algum tempo, até me dirigir aos degraus, a fim de ficar no raso. Pequenas ondas batiam em nós, nas quais Cláudia agitava as mãos.

Para mim, não foi um passatempo prazeroso. Considero questões de saúde e asseio particulares. O mundo das fontes sulforosas e da lama rejuvenescedora era alheio para mim. Para Cláudia, porém, era uma experiência religiosa.

Tentei imaginar minha prima Maria entrando em uma fonte termal. Senti-me cada vez mais certa de que eu não pertencia àquele lugar.

Saímos daquela efervescência espessa. Cláudia cobriu-se com o roupão em estado de êxtase. Estávamos enroladas em nossos cobertores macios, descansando em nossos sofás, e, ainda assim, os únicos sons que ela emitia eram arrulhos de contentamento.

Tinha os olhos fechados quando disse:

— Agora conta-me — pediu, deixando um braço inerte cair sobre a beira do sofá. — Conta-me.

Comecei mencionando brevemente os detalhes sobre minha cura e logo passando para os aspectos mais importantes de meu salvador.

— Jesus — comecei. Minha voz tremia de emoção. — Ele não é um homem orgulhoso. — Eu parecia nunca conseguir encontrar as palavras certas para descrevê-lo. — Há muitos milagreiros na Galileia e na Judeia, mas ele não é como os outros.

— Tenho certeza de que não — respondeu Cláudia, encorajando-me a falar.

— Algumas pessoas dizem que ele é o maior profeta que já existiu.

Os olhos de Cláudia se arregalaram.

— Ele previu teu futuro?

Eu não estava sendo clara.

— O que quero dizer é que ele não se preocupa apenas com as pessoas que detêm poder e títulos. Ajuda aqueles que todos desprezam. Não podemos condená-lo por ter se recusado a vir a Tiberíades. Ele quer apenas evitar problemas.

— Condená-lo? Eu o admiro — disse Cláudia. — Quem não gostaria de evitar Herodes Antipas?

Ela não fazia ideia do que eu estava tentando dizer. Pedi em silêncio ao Deus misericordioso que Cláudia Prócula se lembrasse do nome de Jesus e pensasse bem dele.

Quando estávamos saindo das fontes, Cláudia inspecionou as criadas que esperavam por nós, na sombra.

— Aquela moça não é do palácio? — perguntou-me, virando-se para mim de forma que elas não a ouvissem.

Olhei para os rostos à nossa frente, mas não reconheci nenhuma das criadas do tetrarca.

— Qual? — quis saber, seguindo seu olhar.

— A das sobrancelhas — respondeu Cláudia, desenhando dois arcos com as mãos.

— Aquela é minha camareira, Otávia.

Cláudia franziu a testa, como se aquilo não estivesse correto.

— Eu a vi ontem à noite de minha janela — insistiu.

— Minha camareira estava comigo — assegurei-lhe. Eu não estava disposta a deixar ninguém sugerir que administro uma casa indisciplinada. — Estávamos fazendo as malas para retornar a Séforis. — Puxei aquela noite pela memória. Otávia e eu trabalhamos juntas após o jantar e fomos as duas dormir na hora de sempre.

— Bem, então — disse Cláudia —, talvez eu a tenha visto na recepção, pela manhã. Quem poderia se esquecer daquelas sobrancelhas?

— Com certeza — respondi, no intuito de acalmá-la. Eu tinha certeza de que ela havia se enganado.

Vários dias depois, Cuza e eu finalmente partimos para Séforis. Após tanta preocupação e conflito durante os longos meses de inverno, eu estava grata pela chance de ir embora. No ano que se passara desde minha cura, eu usara uma máscara, uma expressão falsa que deixava a postos sempre que estava perto de Herodes. Fingia não ter mudado, salvo o restabelecimento de minha saúde. Não queria que soubesse que eu me tornara uma seguidora de Jesus.

Também tentava convencer meu marido de que não havia nada de mal em minha decisão. Eu queria crer que ela em nada influenciava a reputação de Cuza na corte. Ele achava o contrário e, embora não tenha exigido que eu evitasse meu salvador e seus amigos, avisou-me de que haveria um preço a pagar.

Minha camareira frustrada também me preocupava. Eu não podia pensar em nenhuma escrava da corte de Herodes que fosse tão parecida com Otávia a ponto de Cláudia ficar confusa. O que, então, Otávia estava fazendo no palácio sem mim? Minha impaciência com a vida na corte estava abalando meu raciocínio lógico. Ninguém pode se dar ao luxo de cometer um erro desses.

Tais pensamentos pesaram sobre mim à medida que passamos pelas folhas empoeiradas das oliveiras que nos saudavam a caminho de Séforis. Estávamos em casa, mas minha casa não era o refúgio que eu desejava que fosse.

Fiz planos de visitar minha prima, assim que ela tivesse um momento livre. Meu marido e eu concordáramos que eu não voltaria a Cafarnaum, mas Nazaré estava dentro do aceitável.

Nos nossos primeiros dias em casa, Cuza não estava em seu estado normal. Foi para o campo, apesar de alguns problemas digestivos. Não tentei convencê-lo a ficar de cama. Disse a mim mesma que ele logo melhoraria agora que estávamos longe de Herodes.

Várias semanas depois, quando Cuza estava com os trabalhadores do campo, Otávia e eu fomos a Nazaré. Meu relacionamento com minha camareira continuava abalado. Resolvi discutir nossas diferenças durante a viagem e chegar a um acordo com ela.

Levantei o assunto de sua liberdade.

— Sei que é o que queres — comecei.

Ela tinha total confiança de que era um direito seu ansiar por sua liberdade.

— Pensei no assunto — continuei. — E o discuti com teu amo.
— Os acontecimentos preocupantes do inverno em Tiberíades haviam feito do pedido de Otávia uma questão de menor importância. — A partir do dia de minha morte, terás tua liberdade — disse eu. — Irei deixá-la bem o bastante de forma que poderás se sustentar a partir de então.

Achei minha proposta mais do que justa. Otávia era cinco anos mais jovem do que eu. Isso lhe daria um bom tempo para desfrutar dos prazeres da liberdade de viver por conta própria depois de minha morte.

Ela ficou olhando pela janela, os dedos roçando em seu cinto trançado, enquanto observava os fazendeiros arrancarem ervas daninhas de um campo de algodão. Após alguma consideração, respondeu sem entusiasmo:

— Obrigada. Tu sempre foste generosa.

A estrada que passava por Nazaré estava mais cheia do que o normal. Subimos devagar a via sinuosa, passando por muitas pessoas a pé. Ao nos aproximarmos da casa de Maria, Phineas começou a assobiar para abrir caminho.

Simão, o grosseiro, encontrou-nos no portão da vila da família de minha prima e cumprimentou-nos de má vontade, antes de nos deixar passar.

Minha prima não veio até a porta. Olhei para Simão.

— Bate — disse ele.

Phineas fez como fomos orientados. A porta se abriu, e Maria recuou para nos deixar entrar. Pedi aos criados que aguardassem e apontei para uma varanda coberta no segundo andar.

— Maria de Nazaré! — alguém chamou do portão. Simão impediu a entrada da mulher.

Minha prima sorriu e acenou cordialmente, mas não saiu para falar com a mulher. Parecia não ter forças para fazê-lo.

A casa estava entulhada do que pareciam ser os pertences de outras pessoas. Mesmo assim, bem pouco se assemelhava a uma casa desorganizada.

— As pessoas trazem presentes — disse-me. Não havia sinal daquela sua luminosidade habitual.

— Para que tudo isso? — perguntei.

— Elas vêm aqui pedindo que eu fale com meu filho sobre elas. — Seus olhos correram rapidamente pela sala. — Atendo o máximo de pessoas que posso.

Puxei a cortina que dava para a gruta que lhe servia de depósito e olhei com atenção para um lugar cheio de tigelas de madeira lascada, pedaços finos de corda, um carrinho com as rodas mais quadradas do que redondas. Os presentes, concluí.

Preparei um chá forte de gengibre para nos animar. Sentamos em um banco no canto da sala. O rosto de minha prima mostrava cumes acentuados e vales profundos. Ela falava com certo esforço.

— Não tenho dormido — contou-me.

Simão abriu a porta.

— Aquele senhor viúvo está aqui — anunciou. — O que digo a ele?

Minha prima pressionou o dorso da mão contra a testa para reter o que lhe restava de forças.

— Eu o verei no poço.

— Ele vai querer saber daqui a quanto tempo — respondeu Simão.

— Daqui a pouco.

— Por que não posso mandá-lo embora?

Maria insistiu que se encontraria com o homem mais tarde.

O chá fez alguma diferença. Minha prima se levantou, foi até a cozinha e apontou para os jarros de água. Peguei um, entreguei a ela, que me pediu mais um. Assim que saímos, chamei Phineas.

— Segue-nos bem de perto — disse-lhe baixinho. — Não deixes ninguém nos abordar.

Passamos pelas ruas estreitas. Os moradores da cidade nos observavam, mas a sombra maciça que Phineas lançava sobre eles os manteve a distância.

— As pessoas vêm aqui de todos os lugares do mundo — disse-me Maria. — Da Pérsia, do Egito. Algumas acham que meu filho é Elias, um dos maiores profetas, reencarnado.

— O que dizes a eles?

— Digo que isso não é verdade, mas eles já estão com a ideia na cabeça.

Contornamos a última curva que dava para o poço. Um senhor idoso correu para minha prima, como se a estivesse esperando. Tomou o jarro de suas mãos, debruçou-se na beira do poço e o abaixou até o fundo. Então acionou a manivela para trazê-lo à superfície e sorriu.

— Aconteceu como disseste — começou a falar de forma confusa. — Fui à casa da viúva, e ela concordou.

Minha prima assentiu com a cabeça e deu um sorriso de aprovação.

O homem me observava enquanto falava.

— A viúva de meu irmão — disse ele. — Ela concordou em se casar comigo. A mãe do profeta falou com ela sobre mim.

Ele insistiu em carregar os jarros de água de volta à casa de Maria, mas foi andando atrás de nós com Phineas.

Simão estava consertando um arado à porta de sua oficina.

— É sempre assim agora — disse ele, sem tirar os olhos do que estava fazendo. — As pessoas trazem seus problemas para cá, qualquer coisa sem importância. Já temos problemas de sobra por aqui.

Durante todo o dia, Simão dispensou pedintes do portão. Alguns deixavam presentes modestos junto com seus pedidos. Apenas sua agressividade já bastava para impedi-los de entrar.

Para animar Maria, contei-lhe minha ida às fontes termais com Cláudia. Era um lugar úmido e frio, que prometia saúde e rejuvenescimento, mas não senti nada disso, contei-lhe.

Maria foi à porta e fez sinal para que eu a seguisse. Íamos tomando o mesmo caminho que levava ao poço, quando paramos em uma pequena cabana recuada na estrada. Ela abriu um portão baixo e me conduziu para um lugar limpo, com bancos estreitos encostados nas paredes. Água límpida fluía das paredes para uma pequena piscina em declive. Eu já havia visto cabanas como aquela, mas nunca entrara nelas.

Não havia qualquer outro som, exceto o da água corrente escorrendo para dentro da piscina.

— Esta é a nossa forma de nos mantermos limpos diante do Senhor — disse ela. — Quando nos lavamos nesta água, ficamos preparados para começar de novo. Acertamos as contas entre nós e nosso Criador. Teus ancestrais fizeram o mesmo, até que alguns deles abandonaram os caminhos do sagrado. Agora cabe a ti decidir se voltas aos antigos costumes ou não.

Tirei minha túnica e entrei na água; fiquei mergulhada em seu abraço e voltei à superfície. Maria esticou os braços para me ajudar. Vesti-me rapidamente. Sentamo-nos no banco. Para minha prima, aquela água era sagrada. Para Cláudia, a piscina de água termal tinha seus poderes. Estava uma escolha correta e a outra errada? Eu não podia ser a juíza. Tendo sido criada sem religião, só podia me sentir grata por finalmente ter encontrado meu caminho.

CAPÍTULO DEZ

[...] Cuza, procurador de Herodes.

Lucas 8:3

No fim da primavera, meu mundo começou a parecer um entardecer sem-fim. Cuza foi o motivo dessa pouca luz. Sua saúde oscilava. E, enquanto ele negava tal fato, sua pele ganhava a aparência cinza da pele de um homem com uma doença degenerativa. Havia períodos em que não conseguia se aquecer, a despeito de quanto se aproximasse do fogo.

Certa manhã, durante nosso inventário do mês, eu estava contando pratos e taças de prata junto com a criada, quando Cuza entrou na sala de jantar chateado porque não conseguia encontrar seu livro-razão. Lembrei-o de que ele o levara para o quarto, quando fora se recolher na noite anterior. Ele insistiu que o livro não estava no lugar de sempre. O livro de registros de meu marido continha todos os detalhes sobre plantio e condições climáticas, nos quais ele se baseava ano após ano.

Procuramos pela casa. Quando encontrei o livro no chão, debaixo de sua cama, ele me olhou furioso como se fosse eu a culpada. Nenhum de nós voltou a tocar no assunto.

A cada noite, Cuza tinha menos apetite. Recusava-se a comer qualquer coisa exceto ensopados aguados. Por fim, acabei chamando os médicos romanos, que lhe receitaram uma dieta de peixe cozido sem tempero, para dar um jeito em seu estômago, e um copo diário de chá de ervas com hortelã, para lhe ativar a memória. Em meados do verão, ele disse que estava melhorando, apesar de seus olhos aquosos e de seu rosto pálido me dizerem o contrário.

Os dias que passava ao ar livre junto com os trabalhadores do campo lhe restituíram o viço da saúde às faces e aos braços. No entanto, logo fomos confrontados por sua doença.

Eu estava com Strabo, supervisionando a colheita de minha primeira lavoura de morangos. Tinha conseguido colher alguns poucos morangos do chão, depois que José me trouxera várias plantas da Gália a um preço bem alto. Estávamos nos tornando bons amigos, ele e eu. Sempre que ele abria sua coleção de especiarias durante as visitas à minha casa, fazia algumas perguntas sobre minha prima. Pelo que eu podia perceber, ela o via muito mais do que eu. Jamais deixei transparecer a ele que sabia disso.

Preocupada com minha pobre colheita de morangos, não ouvi quando Phineas entrou no celeiro.

— O amo está chegando dos campos — disse, com certa urgência.

— Aconteceu alguma coisa? — Desamarrei meu avental e limpei a terra dos dedos.

— Dois de seus homens o estão carregando. — Corremos para o portão da frente. Três homens estavam se aproximando da casa. Cuza estava apoiado entre dois deles.

Os empregados de meu marido o levaram para dentro. Um deles contou-me que ele estava perdendo sangue. As costas de sua túnica estavam manchadas.

Colocaram-no na cama como se ele fosse tão frágil quanto vidro. Quando eu o cobri com um cobertor de linho, seu rosto se franziu de dor. Até mesmo aquele peso ínfimo fora demais para ele.

Durante vários dias sem saber ao certo o que fazer, alimentei meu marido com algumas porções de coalho, com a frequência que ele permitia. Nem sempre conseguia manter a comida no estômago, apesar do pouco que ingeria.

Durante várias noites, quando eu ia à cozinha pegar algum remédio que o ajudasse a dormir, muito depois de a pobre Bernice já ter se recolhido, encontrei Otávia por lá. Ou precisava de óleo para sua lamparina, ou queria ter certeza de que as janelas estavam fechadas. Todas as vezes, ela perguntava por Cuza, mas eu estava sempre distraída demais para lhe responder com mais de uma ou duas palavras.

Era estranho encontrá-la tantas vezes na cozinha. Achei que havia se programado para isso, como uma forma de me dizer que estava pronta para ajudar.

Uma noite, ao lado da cama de meu marido, levei uma xícara aos seus lábios, ele segurou minha mão e me pediu, com extremo esforço:

— Amanhã mandarei recado para Manaém. Os homens não podem ficar sem supervisão.

— Claro.

— Ele irá cuidar de tudo até eu melhorar.

— Prometa que irás parar de se preocupar depois que ele vier.

Cuza relaxou em seus travesseiros.

Pareceu-me injusto questionar seu plano, embora eu estivesse convencida de que Manaém tiraria proveito de sua condição.

— Não há mais ninguém em quem eu possa confiar — disse Cuza. — As uvas estão no ponto de colheita.

Fiquei ao lado de meu marido, pensando nas providências a serem tomadas para receber nosso convidado. Manaém teria uma recepção apropriada, mas eu não confiava nele mais do que uma gaivota confia no peixe que rodeia, pronta para arrancá-lo da água.

O amigo de meu marido chegou cercado por seus guardas e camareiros. Eu já havia visto o suficiente de seus aparatos, porém, mais uma vez, deixei-me impressionar pela exibição de armas e de couro.

Quando ele se curvou, todo ataviado, fiquei ruborizada e me odiei por isso.

— O procurador real está ansioso por vê-lo — disse eu, fazendo questão de usar o título de meu marido para que Manaém se lembrasse de seu lugar.

Eu estava pronta para conduzi-lo aos aposentos de Cuza, mas ele permaneceu parado, com os olhos voltados para o chão, esperando por algo mais.

— Ele está ansioso por falar contigo — repeti.

Dando uma olhada ao redor, para ter certeza de que seus homens não estavam por perto, Manaém tirou uma pedrinha preta de seu bolso e a entregou a mim. Eu não podia imaginar para que serviria. Aquilo lembrava as construções de pedras negras de Cafarnaum.

— É do pátio da casa do Mestre — disse Manaém. — Eu a trouxe comigo.

Não era sábio da parte dele lembrar-me de sua viagem recente e fracassada ao Norte. Ele se demorara tempo demais por lá e voltara sem Jesus, o que fora o verdadeiro propósito de sua viagem. Tenho certeza de que Herodes tomou isso como uma ofensa pessoal e culpou Cuza.

Dei meu sorriso oficial e examinei cuidadosamente a pedra em minha mão.

— Obrigada — agradeci-lhe.

— Foi uma viagem muito importante para mim — disse ele.

— Não foi uma lástima a forma como a viagem acabou? — Eu sabia que estava sendo dura, mas ainda estava furiosa com ele por ter nos decepcionado.

Acompanhei-o até os aposentos de Cuza e segui pelo corredor, rumo aos meus aposentos, onde me mantive ocupada separando vestidos velhos e mantos. Eu já havia me habituado a mandar Phineas a Cafarnaum sempre que as circunstâncias permitiam que entregasse donativos na casa onde meu salvador ficava.

Manaém não saiu do lado de Cuza durante algum tempo. Fui ficando inquieta e atravessei o pátio para, mais uma vez, checar seu alojamento. Não que eu estivesse procurando por algo específico, queria apenas ter certeza de que ele não tinha nada de suspeito em sua bagagem. No chão, ao lado de sua bolsa de couro, havia um rolo de papel amarrado com um cordão de couro. Como não estava escondido, julguei não se tratar de nenhum segredo. Queria apenas ter certeza.

As duas ou três primeiras páginas continham desenhos dos campos em torno de Séforis. Trechos inteiros de terra estavam marcados com o histórico das plantas ali cultivadas e com uma observação dizendo que grão e que cultura foram plantados ali nos últimos sete anos. Repolho, cebola, feijões. Meu marido deveria ter pedido aqueles registros — era o tipo de coisa que ele analisaria e discutiria por horas a fio.

Folheei página por página e estava para tornar a enrolá-las, quando um desenho menor escorregou para fora. Era um belo trabalho, o projeto artístico de uma caixa feita em pedra. Dois lados estavam decorados com símbolos. Aos poucos, comecei a ver que eram imagens inconfundíveis.

Havia um timbre real com uma balança e um ábaco, um cajado feito de um galho de oliveira e uma cadeira majestosa com braços que lembravam o trono de um homem poderoso.

Cada símbolo representava meu marido. Aqueles eram os emblemas de Cuza na corte, as ferramentas de seu ofício. Meus dedos passaram nervosos pelas bordas da página. Era o desenho de um ossuário, um que parecia destinado aos ossos de meu marido após sua morte.

Passos do lado de fora me trouxeram de volta à realidade. Amarrei o canudo com o cordão de couro, coloquei-o onde o havia encontrado e corri para a janela como se estivesse ajustando as venezianas contra a luz.

Manaém abriu a porta, e eu me virei.

— Perdoa-me por ter entrado — disse eu, quase sem fôlego. — Queria me certificar de que seus aposentos estavam em ordem.

Ele olhou cuidadosamente para seus pertences antes de falar.

— Parecem estar.

— O que achaste do procurador real?

— Há quanto tempo ele está assim?

— Assim como?

Não era apropriado da parte de Manaém fechar a porta do quarto antes de terminarmos nossa conversa, mas eu permiti, não querendo arriscar que os criados nos ouvissem.

— Ele está gravemente doente.

— Meu marido insiste que está melhorando e que logo voltará ao normal.

— Já vi outros na mesma condição.

— Que condição?

Manaém olhava-me com atenção. Tive a sensação de que ia me acusar de alguma coisa.

— Teu marido está sendo envenenado — disse ele.

A cadeira ao meu lado estava bem perto, ainda assim, não consegui chegar a ela antes de desmaiar. A próxima coisa de que me lembro foi de Manaém me levantando do chão. Seu rosto estava tão próximo do meu, que pude ver uma linha profunda entre seus olhos e seus lábios torcidos.

— Estou bem — falei, ajeitando-me na cadeira.

Ele ficou de frente para mim, esperando, tenho certeza, que eu lhe dissesse como Cuza ficara tão doente.

— O procurador real me disse que vem perdendo as forças já há algum tempo — disse Manaém, com a frieza de um advogado.

Encarou-me como se estivesse se preparando para me deter da forma que julgasse necessária. Ele se transformara em uma arma pronta para ser usada diante de meus olhos. Quase cheguei a achar que Manaém chamaria seus guardas e me arrastaria para fora dali. Sob acusações que eu temia pensar quais seriam.

— Estou colocando esta casa sob minha supervisão — anunciou. Essas palavras me abalaram. — Começarei interrogando o pessoal da cozinha e depois qualquer um que tenha tido acesso aos aposentos do procurador real. Onde está tua cozinheira?

— Bernice?

Ele nem sequer se deu ao trabalho de fazer uma pausa por cortesia, muito menos por benevolência, antes de informar minha situação:

— Ninguém está autorizado a deixar esta casa sem minha permissão. Nem a senhora nem ninguém.

— Estás me acusando de tentar fazer mal ao meu marido?! — gritei.

Eu estava desesperada.

— Não sei quem é ou não o responsável — continuou. — Mas vou descobrir.

Corri para Cuza, temerosa de que Manaém o tivesse aborrecido. Do lado de fora de seu quarto, parei tempo suficiente para acalmar minha respiração ofegante. Situações de estresse ainda traziam sintomas da antiga doença.

— Joana? — Ele me chamou. O som de sua voz era uma música lúgubre. Mas, pelo menos, ainda estava vivo.

Aproximei-me bem de sua face quente, quando ele falou com um fio de voz.

— Quero ver meu irmão. Manda buscar Ciro.

Desejei apenas que o tivéssemos buscado antes. Chamei Phineas e me encontrei com ele na biblioteca de Cuza, sala onde fazia seu trabalho oficial. Os olhos de meu criado se fixaram em meus cabelos. Levei as mãos à cabeça e logo entendi. Meu penteado havia desabado completamente.

— Preciso te fazer uma confidência — comecei. Eu estava para lhe dizer que ele sempre fora um criado bom e confiável, mas a lembrança da áspera advertência de Manaém fez-me parar. Ele estava certo, com certeza. Todos éramos suspeitos. — Por favor, Phineas, não nos decepcione.

Meu criado assentiu obediente e aguardou por minhas instruções.

— Vai atrás de Ciro, o irmão de meu marido. Diz a ele que o procurador está à beira da morte. Diz a ele que a causa parece ser... — Não consegui me controlar para dizer a causa. — Diz-lhe que ele deve trazer sua caixa de remédios.

Só me restava esperar que meu cunhado estivesse passando o verão em Tyre, como de costume, dando uma de suas palestras anuais. Phineas prometeu que seria capaz de ir e voltar em cinco dias. Minhas lágrimas repentinas foram minha única resposta. Ele tomou minha mão e a pressionou contra a testa.

— Que o Todo-Poderoso te proteja — disse eu.

Manaém entrou na sala. Estivera escutando. Eu já devia ter esperado.

— O que estás fazendo? — perguntou. Fiquei tão irritada que lhe dei cada mínimo detalhe de meu plano.

— Deverias ter recorrido a mim — disse ele. — Diz-me onde encontrar o médico. Enviarei um de meus homens.

Phineas ficou parado, aguardando mais instruções. Eu estava humilhada e mal pude encará-lo.

— Obrigada, Phineas — disse eu. — Não serás necessário.

Eu estava me acostumando ao olhar penetrante de Manaém e dei um jeito de tolerar que me observasse, como se eu fosse um inseto espetado nos dentes de um forcado.

— Retira os criados da cozinha — anunciou. — Meu pessoal estará aqui amanhã de manhã, para substituí-los.

— Bernice não — suspirei, incrédula. — Ela não seria capaz de fazer mal a ninguém.

— Ela está confinada em seu quarto, como todos os outros — respondeu-me sem qualquer demonstração de piedade.

Eu não podia culpá-lo. Pensei em fazer o mesmo na primeira vez que percebi a saúde debilitada de meu marido. Senti que havia um inimigo em minha casa; senti e logo descartei a possibilidade.

Manaém reteve todos os criados da cozinha para interrogatório. Também pôs os médicos romanos de Cuza em prisão domiciliar, até que pudesse interrogá-los. Confiscou-lhes as caixas de remédios e as pôs de lado, até que pudesse mandar chamar um médico de sua confiança para analisá-las. O celeiro vazio transformou-se em prisão domiciliar.

No dia após sua chegada, Manaém entrou em meus aposentos como se tivesse todo o direito de fazê-lo.

— Quem é Phineas? — quis saber.

— Ele trabalha conosco desde que Cuza e eu nos casamos — respondi. — Fora empregado de minha mãe, antes disso.

Manaém fez uma anotação em seu bloco.

— Falarei a sós com ele agora. — Perguntou-me sobre os camareiros de Cuza e me contou que havia interrogado Strabo e o colocado na prisão.

— Sob qual acusação? — perguntei, quase gritando.

— Até eu poder checar cada centímetro desse solo e ter certeza de que nenhuma erva, raiz ou fruto venenoso está sendo cultivado aqui, teus jardineiros ficarão confinados — respondeu Manaém.

Segurei minha cabeça sem saber o que fazer. Um furacão despedaçava minha casa. Eu não tinha como fazê-lo parar.

Manaém retirou-se, mas não por muito tempo.

Logo após o jantar, foi à minha despensa. Eu estava separando os alimentos nas prateleiras para ver o que precisaria trazer do estoque. Seis dos empregados de Manaém me seguiam por toda parte, como se eu fosse uma ladra.

— Tua camareira — quis saber Manaém. — Quem é ela?

Seu jeito agressivo e a seriedade de suas perguntas me fizeram explodir em um choro compulsivo. Contei-lhe tudo o que podia sobre Otávia: que eu a tinha visto com muita frequência na cozinha, que ela me havia pedido sua alforria, que ficara emburrada desde que eu lhe recusara a dar e que eu ouvira boatos de que ela fora sozinha à vila de Herodes, sem meu conhecimento.

Manaém ficou o tempo todo de pé.

— Leva-me até ela.

— Ela disse que estaria na lavanderia, remendando algumas roupas minhas.

Manaém saiu na direção da porta, sinalizando para eu lhe mostrar o caminho.

Senti um frio percorrer meu corpo. A pele de meus braços ficou toda arrepiada. Fomos à lavanderia. Não havia ninguém lá, exceto Bernice. Ela fora libertada de seu confinamento e encontrara uma forma de se fazer útil.

Passamos pela cozinha, agora privada de toda a sua familiaridade. Havia guardas em cada entrada. Levei Manaém aos meus aposentos, onde Otávia e eu tínhamos trabalhado mais cedo naquele dia. Chamei por seu nome quando entrei. Nenhuma resposta. Meu marido dormia em seu quarto. Ainda assim, Manaém encostou os dedos sob seu nariz, para se certificar de que estava vivo.

Nós o deixamos e fomos para o quarto de Otávia. Manaém bateu na porta e a abriu em seguida. Nenhum de seus pertences estava no lugar. Nenhuma capa ou túnica nos cabides. Seu pente e as conchas que carregava consigo desde a infância não estavam na prateleira. A pequena estatueta esculpida de Hera não estava mais em seu nicho na parede.

Manaém deu ordens para que cada prédio em nossa propriedade fosse examinado. Um de seus homens disse que Otávia tomara a direção do pomar logo após o jantar. Carregava uma cesta bem grande.

— Por que não me contaste? — rebateu ele. O homem olhou-o sem saber o que dizer. Obviamente não pensara em fazer isso.

Manaém virou-se para um de seus guardas, nunca a mais do que um ou dois passos dele.

— Leva este homem para a prisão — ordenou.

Foi brutal. Não havia como discutir com ele.

Pelo bem de Cuza, eu teria preparado uma cesta de minha própria cozinha e a enviado para Cafarnaum, com uma mensagem pedindo ao meu salvador que viesse nos ajudar. Mas eu não podia fazê-lo sem sua permissão e não encontrei um modo de pedi-la.

Pelo meu próprio bem, no entanto, arrumei uma cesta com óleo de amêndoa, figos maduros e um saquinho cheio de aneto seco. Escrevi um bilhete para acompanhá-la, pedindo a Maria que viesse o mais rápido possível.

Fui ao alojamento de Manaém com meu pedido. Não estava preparada para o que encontrei lá. Ele havia transformado seus aposentos em um posto de comando. Sua mesa estava virada para a janela e coberta por blocos e esboços dos campos. Outros diagramas estavam pendurados na parede, como mapas estratégicos.

Passei pelo guarda e entrei.

— Posso enviar esta cesta para minha prima e pedir que venha me ver? — comecei a falar, tentando manter a voz calma, apesar de meu terror.

Manaém mal se deu ao trabalho de levantar os olhos.

— Não queremos ninguém de fora aqui — respondeu.

Falei novamente, não tão confiante.

— Conheces minha prima. Maria, mãe de Jesus.

Sua expressão mudou. Acredito ter visto um olhar de genuína ternura. Ele fez sinal para que eu lhe entregasse a cesta, levantou o guardanapo e inspecionou o conteúdo.

— Deixa-a aqui — disse. — Um de meus homens a entregará.

— Precisarás de orientação para chegar lá — respondi, satisfeita por apontar sua distração.

— Sei qual é a casa.

Qualquer que tenha sido o motivo que o levara a Nazaré, achei por bem não perguntar. Eu não gozava de tal privilégio. Era uma prisioneira em minha própria casa.

— Então a deixarei contigo.

* * *

A partir do momento em que essas palavras saíram relutantes de meus lábios, entrei em estado de constante oração, se é que implorar e pedir ajuda pode ser considerado oração. Todos os dias, eu ia para os meus aposentos e fechava a porta a fim de ficar sozinha. Determinada como estava a pedir socorro ao Altíssimo, não sabia por onde começar.

No início, fiquei observando as nuvens de minha janela e os trabalhadores subindo nos damasqueiros de nosso pomar. Os galhos se curvavam bem baixo, onde havia meninos para pegar as frutas maduras.

Recitei algumas frases de uma oração que eu sabia de memória, mantendo Cuza em meu coração enquanto rezava.

Inclina, Senhor, os teus ouvidos e responde-me,
pois estou aflita e necessitada.
Preserva a minha alma
pois eu sou piedosa.
Tu, ó Deus meu, salva a tua serva que em ti confia.

Certo dia, em vez de começar com minha ladainha de reclamações, fiquei calada. Ouvi os ruídos dos gafanhotos e as vozes distantes dos trabalhadores do campo. O barulho dos criados se movendo pela casa foi se esvaindo aos poucos. Uma sensação de tranquilidade, que eu poderia chamar de paz, tomou conta de mim. Mais do que isso, senti que não estava sozinha. O Criador de toda a vida estava comigo. Eu praticamente podia ouvir aquele sopro sagrado.

Essa tranquilidade não durou muito, mas foi suficiente para me levar todos os dias de volta aos meus aposentos. Tive mais certeza de que o Altíssimo estava conosco e não nos deixaria à mercê de nossa própria proteção. Eu havia aprendido uma dura lição sobre uma vida de fé: não tenho nenhum controle sobre o que vai acontecer. Tudo o que posso fazer é escolher acreditar ou não.

Uma tarde, fui rezar ao lado da cama de meu marido. Fiquei ao seu lado e, após algum tempo, ele abriu os olhos, franzindo-os de dor diante da luz da tarde.

— Lembras de quando Jesus veio aqui? — perguntei.

Cuza baixou os olhos para o lençol amassado que lhe cobria o peito. Estava salpicado de pequenas manchas de sangue expelido em sua última convulsão.

— Vimos como ele cura os enfermos. Nunca mais fiquei gravemente doente desde aquela noite.

Meu marido olhou para mim, para me mostrar que estava prestando atenção. No entanto, não respondeu.

— Quero pedir a ele que volte... por ti. Sei que irá nos ajudar.

Cuza balançou negativamente a cabeça, um leve balanço. O máximo que conseguiu, mas o suficiente para me dizer que era contra a ideia.

— Ele não vai te pedir para que sejas seu seguidor. Ele me ajudou quando eu mal o conhecia.

Meu marido levou um dedo à boca, para pedir que eu me calasse. Fiquei ao seu lado, pensando no que lhe dizer que pudesse exercer alguma influência.

Ficamos um tempo juntos. Cuza falou mais uma vez.

— Dizes que Ele é o Deus da misericórdia. Então deixemos por conta d'Ele decidir onde passarei minha eternidade.

* * *

Cada vez que Manaém ia para o quarto de meu marido, eu me via rodando a porta. Ciro deveria estar chegando. Eu ficava decepcionada cada vez que ia ao telhado procurar por algum sinal dele. Também naqueles dias, eu soube que minha prima estava em Cafarnaum e não voltaria tão cedo para Nazaré.

Eu preparava a pouca comida de meu marido na cozinha. Ou melhor, dava instruções de como prepará-la. O cozinheiro de Manaém fazia o trabalho. Se entrasse na despensa para pegar mel ou fosse mexer em uma panela, mandavam-me embora.

Tolerei esses maus-tratos até onde pude; então, fui fazer minha reclamação. Um guarda armado, companhia à qual eu já me acostumara, levou-me ao telhado. Manaém observava a estrada. Fez sinal para que seus homens nos deixassem a sós e deu uma última olhada para o Norte, antes de se virar para mim.

— O médico já deveria ter chegado — disse ele. Julguei ter ouvido um indício de emoção.

— Encontrei uma coisa — disse eu. — Quero te fazer algumas perguntas sobre ela.

Ele pareceu ligeiramente curioso.

— Um desenho.

Ele expandiu levemente os ombros, como um homem se preparando para um combate físico.

— Em teu quarto, no dia da tua chegada. Estava no chão.

Ele não deu nenhum sinal de conhecimento e deixou-me prosseguir hesitante em meu discurso.

— Acredito que seja o esboço de um ossuário.

Não respondeu.

— Com certeza percebeste. Está decorado com os emblemas oficiais de meu marido.

Ele escolheu as palavras com cuidado.

— Eu já o vi.

— De onde veio?

Um apito alto e repentino nos interrompeu. Manaém virou-se para a estrada. Ao longe, logo antes de o caminho fazer a curva entre as colinas, duas grandes tochas flamejaram no ar.

— Eles chegaram! — gritou Manaém por cima do muro para os guardas abaixo de nós. — Pegai os cavalos e vos encontrai com eles. Fazei sinal assim que chegardes lá.

Ele passou apressado por mim, a caminho das escadas, surpreso por ainda me encontrar ali.

— O desenho — disse ele. — Logo te contarei o que puder. — De passagem, deu ordem aos guardas para ficarem comigo.

Meu cunhado estava visivelmente cansado de suas viagens. A carruagem que o trouxera, no entanto, era promissora. Estava abarrotada de todos os tipos de cataplasmas e unguentos conhecidos pela classe médica.

Encontrei-me com ele e seu auxiliar assim que entraram pelo portão. Ciro recendia à loção de pinho que sempre passava sem reservas no corpo, em uma tentativa de se refrescar. Aquele perfume era tão parte dele quanto sua franja escura e suas unhas limpas. Porém, não era forte o bastante para acobertar a poeira que trazia da estrada. Fiquei profundamente emocionada por seu esforço. Ele passara por uma viagem difícil por causa de Cuza.

Abracei meu cunhado, feliz como nunca por vê-lo. Ele pegou sua caixa de remédios e disse aos guardas que colocassem a carruagem na sombra e não tocassem em nada até que voltasse. Corremos para dentro de casa. Pedi a um criado que levasse um jarro de água fresca aos aposentos de meu marido.

Cuza abriu os olhos ao ouvir os passos do irmão. Tentou sentar-se, mas Ciro aproximou-se dele, poupando-lhe o esforço, levantando-lhe a cabeça febril para desgrudar os cabelos úmidos de sua nuca e refrescá-lo.

Em seguida, pôs-se a trabalhar, pressionando o peito de Cuza com cuidado, levantando-lhe as pálpebras, para ver seus olhos aquosos, e analisando suas unhas azuladas, como os primeiros procedimentos do exame.

— Quando isso começou? — perguntou Ciro.

— Assim que chegamos de Tiberíades — sussurrou Cuza.

— Por que esperaste tanto?

— Achei que fosse passar.

Vendo os dois juntos, percebi a realidade. Cuza, uma vez a versão mais saudável de seu irmão beato, fora reduzido a uma sombra dele.

Vários dias depois, chamei Phineas. Ele fora eximido de qualquer suspeita e estava livre para fazer qualquer coisa que eu lhe pedisse.

— Amanhã de manhã, depois que terminares tua refeição, vai à casa de minha prima, a mãe de meu salvador — pedi-lhe.

Ele quase chegou a sorrir. Phineas raramente sorria.

— Pergunta, a quem encontrar lá, quando ela deverá voltar. Oferece-te para acompanhá-la a Séforis tão logo ela possa viajar. Diz que o procurador real está gravemente doente.

Fui ao jardim e observei as sombras se movendo lenta e irrevogavelmente pela parede. O irmão de meu marido estava lá. Manaém estava trazendo a colheita da uva e não descansaria enquanto não encontrasse Otávia. Eu havia feito tudo o que podia. Precisava de minha prima para me manter forte.

No dia seguinte, como de costume, supervisionei as refeições para Ciro e Manaém, certificando-me de que a cozinha estava de meu agrado, e esperei por notícias de Nazaré. Antes da refeição da noite, Phineas voltou.

Fomos ao jardim, onde os muros de todos os lados me davam a sensação, real ou imaginária, de que eu estava protegida.

— Tua prima está se demorando em Cafarnaum — começou Phineas. Ele estava tão pouco acostumado a longos discursos, que recuou como se aquilo fosse tudo o que pretendesse dizer.

— Quem encontraste em Nazaré? — perguntei.

— Primeiro, falei com José.

José, o filho gentil, em nada se parecia com seu irmão, Simão.

— O que ele disse?

— Tua prima deve voltar daqui a dois dias.

— Ouviste mais alguma coisa em Nazaré?

— Ouvi — respondeu Phineas. Então caiu em silêncio novamente e esperou ser interrogado.

— O que ouviste? Por favor, conta-me tudo.

— Estavam falando lá no poço — continuou. — O filho de tua prima, o Mestre, foi ver a mãe. Alguns vizinhos tentaram jogá-lo de cima de um penhasco.

Na dolorosa narrativa que se seguiu, meu criado explicou, detalhe por detalhe, que Jesus havia recuperado a visão de um cego na cidade. Quando disse que era o poder do Todo-Poderoso que agia nele, os vizinhos ficaram enfurecidos.

Tentei imaginar Maria correndo para junto do filho, sabendo que ele estava correndo mais um risco em Cafarnaum. Agradeci ao meu criado. A partir de então, disse a mim mesma que não deveria esperar que minha prima viesse a Séforis. Um sentimento de solidão cresceu dentro de mim. Uma tristeza terrível tomou conta de meus dias.

Meu cunhado e eu nos encontrávamos ora nos aposentos de Cuza, ora no corredor, mas ele não me dava notícias sobre meu marido, a não ser a informação de que nada havia mudado. Finalmente, em uma noite, mandou dizer que queria falar comigo. Acertei de vê-lo na salinha próxima à entrada da casa e fui para lá aguardá-lo.

Abri a janela para deixar entrar o perfume do jardim. Ciro chegou na hora marcada, trazendo com ele seu perfume de pinho.

As rugas em sua testa se aprofundaram quando começou a falar.

— Há algum tempo meu irmão tem recebido pequenas doses de arsênico.

Levantei a mão para segurar meu rosto. Eu precisava desesperadamente de contato humano, até mesmo o meu, para me equilibrar.

— Ele vai se recuperar? — perguntei.

Ciro não desperdiçou um só suspiro para me consolar.

— Provavelmente não — respondeu. — Seus fluidos estão cor de âmbar. Deviam estar amarelo pálido.

— O que faremos? — perguntei.

— Já lhe dei sementes trituradas de cítricos e também tentei soluções de bezoar, para puxar o veneno. Isso já deu certo em alguns casos, mas não estou animado com os resultados aqui. Tens visto a dificuldade com que ele vem respirando. E as convulsões estão mais frequentes nos últimos dias. Cada uma que vem leva mais um pouco da força dele.

— Manaém lhe contou como isso aconteceu? — perguntei. Ciro devia saber sobre Otávia. Caso contrário, estaria me tratando como suspeita.

— Sim, tua camareira.

— Minha camareira — repeti, na esperança de reduzir a vergonha ao ouvir minhas palavras.

— Sinto muito.

Pude perceber que ele estava se esforçando para ter algo mais a dizer. Finalmente encontrou.

— Tens sido uma boa esposa para meu irmão.

Deixei Ciro e fui aos aposentos de Manaém. Eu o havia visto atravessar o pátio enquanto conversava com meu cunhado.

Abriu a porta e autorizou minha entrada.

— Meu marido está morrendo — disse eu. — Mentiste para mim.

Manaém recostou-se em sua cadeira e me observou como se eu fosse uma criatura miserável, porém, arrogante; um furão engaiolado, mas tentando assustá-lo com meu guincho agudo.

— Fui eu quem te disse que ele estava sendo envenenado.

— Tu já sabias disso antes de vires para cá.

Manaém levantou-se. A criatura patética à sua frente dera um jeito de lhe chutar o calcanhar.

— Eu não sabia — disse ele.

— Trouxeste o teu próprio esboço do ossuário de meu marido.

— Encontrei-o debaixo de minha porta, na manhã em que deixei Tiberíades — explicou-se, de repente tentando se defender.

— De onde ele veio?

Ele abriu a caixa de madeira que estava sobre sua mesa e dela tirou um pequeno rolo de papel. Segurou-o sem menção alguma de querer mostrá-lo para mim.

— O desenho estava dentro disso aqui — disse ele. — Havia um bilhete com o selo do tetrarca.

Desenrolou o pergaminho e o leu:

— "Precisarei de um novo procurador até o outono. Estou pensando em ti."

— Não acredito no que dizes — rebati.

Ele virou o pergaminho para mim. Reconheci a letra grande e irregular que descia pelo papel em vez de seguir em linha reta. Era a caligrafia de Herodes.

— Eu o trouxe aqui para mostrar ao teu marido — disse Manaém.
— E mostraste?
— Mostrei.

Então Cuza sabia que tinha sido envenenado. Manaém lhe contara. Por isso mandara chamar Ciro.

— Ajuda-me — pedi, com um gemido.
— Encontraremos o responsável — respondeu Manaém, o leal capitão da guarda. Aquilo era o melhor que podia fazer para me consolar.

CAPÍTULO ONZE

Maria permaneceu com ela [...].

Lucas 1:56

Eu esperava por minha prima todos os dias, desde o momento em que os olhos de Cuza se reviraram em sua cegueira final. Mas, mesmo enquanto eu me preparava para enfrentar as cerimônias fúnebres em Tiberíades, Maria ainda não havia saído de Cafarnaum.

O funeral de meu marido foi uma demonstração única de multidões, de elogios fúnebres e do comportamento insano de Herodes Antipas. Um vento desolador atormentou a cidade, arremessando os galhos secos das tamareiras como penas de pássaros monstruosos.

Os trompetes e o súbito estouro dos cavalos em marcha chegaram aos meus ouvidos em sons abafados, encobertos, como o corpo sepultado de meu marido.

Cláudia Prócula enviou uma carta de condolências e uma roseira para meu jardim em Séforis. Fiquei aliviada por ela não ter vindo ao Norte para a ocasião. Não me encontrava em condições de recebê-la.

Era de minha prima Maria que eu precisava. Sem ela, sentia-me desesperadamente só.

Tentando ignorar a atmosfera circense do anfiteatro, olhei para a água cor de safira e sonhei com lugares distantes. A voz de Herodes me fez voltar à realidade.

— Eu gostava dele como de um irmão — disse ele, batendo no peito.

— Tu o mataste — disse eu, mal abaixando minha voz.

— Um fiel servidor do Império — lamentou Herodes.

— Traído por aquele a quem servia — corrigi-o.

Ele estufou o peito como um pavão. Fechei os olhos e me imaginei abrindo caminho por meio da multidão, indo até o palco e lhe enfiando uma faca em frente a mil testemunhas.

Horas de discursos, corridas e jogos, moedas jogadas à multidão... Sobrevivi a tudo isso. Mais tarde, naquele dia, o tetrarca veio a mim com uma última demonstração descarada de traição. Aproximou-se hesitante, expelindo saliva.

— Sinto muito! — berrou. — Sentirei falta dele.

Observei minhas próprias lágrimas molharem minha túnica, sem ousar encarar seu olhar febril.

Quando voltei para Séforis, jurei nunca mais voltar a pôr os pés em Tiberíades.

Sepultamos Cuza no túmulo de minha família. Antes de a porta de sua câmara ser fechada, pressionei os dedos na lápide, minhas últimas palavras para ele: "Nós nos encontraremos de novo."

Passei a maior parte daquele mês em estado de reclusão, desejando apenas desaparecer da vida pública. No fim do mês, recebi o recado de que minha prima estava a caminho para vir me ver. Phineas foi ao seu encontro para acompanhá-la. Passei a maior parte do dia no jardim, o rosto virado na direção oposta a Tiberíades. No meio da tarde, fui ao telhado e observei a estrada.

Primeiro avistei Maria montada em um burrico, com Phineas ao seu lado. Sua bolsa de viagem era menor do que a que eu geralmente carregava para passar uma manhã no mercado. Ainda assim, eu sabia que minha prima passaria algum tempo comigo. Quando eu estava quase ao seu lado, ela desceu do animal e esticou os braços para mim. Seus cabelos recendiam a sabão de óleo de azeitona e a vegetação rasteira e empoeirada de suas viagens.

— Vim assim que pude — disse ela.

— Meu marido — comecei, sem saber ao certo o que mais dizer.

— Sim, eu sei.

Maria estava pálida, sem seu vigor característico. Perguntei-me se teria andado doente e, por isso, não pudera viajar até então.

Pondo o braço em torno de minha cintura, fez-me seguir adiante, de forma que eu andasse com ela a curta distância até minha casa. Ela não tentou explicar sua longa ausência, e não cabia a mim perguntar.

Escolhi o quarto do lado oposto ao meu para ela. Nele, a luminosidade é particularmente agradável pela manhã. Eu a queria bem perto de mim, de forma que pudesse ouvir sua respiração durante a noite. Não muito tempo após sua chegada, o sol desapareceu para trás das colinas, e a friagem úmida do outono penetrou na sala. Acendi a fornalha e, antes de deitar, aqueci seus cobertores.

Fomos cedo para nossos quartos separados. Ela parecia carregar o peso de algum problema. Começara a pensar nela de uma forma diferente, desde que ficara viúva. Chegaria a hora em que ela também não estaria mais comigo. Minha solução para essa triste e súbita conclusão veio sem esforço. Decidi, determinada, tomar conta dela pelo resto de sua vida.

Na manhã seguinte, atendendo a um pedido seu, levantamos antes do nascer do sol e fomos andando até o túmulo de meu marido. Minha prima parecia mais forte do que quando chegara a Séforis. Tentei puxar conversa enquanto caminhávamos.

— Estavas em Cafarnaum — comentei.

— Estava — respondeu-me, após algum tempo.

— E viste meu salvador.

— Fiquei mais tempo do que esperava.

Minha prima começou a descrever o que me pareceu uma visita inquietante. Contou-me várias histórias sobre seu filho e as autoridades do templo. Em um sabá, Jesus foi jantar com um advogado proeminente. No meio do caminho, curou um homem que sofria de acessos de desmaios. Três anciões do templo interrogaram-no por isso.

— Pediram que ele recitasse as mais importantes entre as leis — contou-me. — Ele as recitou. Os anciões acusaram-no de violar as leis que ele conhecia tão bem.

Ela precisou me explicar, uma vez que eu não tinha certeza, que os devotos mais rígidos acreditavam que é melhor deixar um homem sofrer até a morte do que curá-lo no sabá.

Uma briga irrompera na rua, alguns em defesa de meu salvador, outros em defesa das autoridades religiosas.

Maria ficou várias semanas com o filho em Cafarnaum. Durante esse período, ele lhe disse que iria a Jerusalém para a Páscoa, a menos de dois meses a partir de então. Todos os inimigos que fizera na vida estariam na Cidade Sagrada durante a festa.

Sua voz falhou.

— Ele deve achar que esqueci o que me disse antes de sair de casa pela primeira vez — continuou ela. — Ele disse que não voltaria a Jerusalém para a Páscoa até que estivesse pronto para morrer.

— Com certeza deve ter mudado de ideia — insisti. — Quis dizer que voltaria pela última vez à Cidade Sagrada, quando estivesse velho e pronto para morrer. — Ela não me respondeu.

Várias vezes durante sua estada em Séforis, minha prima me acompanhou ao túmulo de Cuza. Nessas ocasiões, ficou ao meu lado e recitou uma prece de memória.

De todo o meu coração,
Renderei graças ao Senhor
Na companhia dos justos e na assembleia.
As obras de Suas mãos
São verdade e justiça;
Fiéis são todos os Seus preceitos.

As orações pelos mortos são incompletas. Não dão conta de expressar o sofrimento daqueles que ficam. Completei cada linha com meus próprios questionamentos, perguntando ao Todo-Poderoso que tipo de justiça havia sido feita a meu marido.

Inesperadamente, uma reposta veio a mim. Parecia sempre ter estado lá. As palavras eram certas e sábias.

"Olha para a história como um todo, não para o pequeno papel que cada pessoa desempenha."

Uma energia poderosa se espalhou pelo meu corpo, como se uma explosão vinda das alturas tivesse me dominado. Quando passou, joguei-me no chão. Com o rosto encostado na terra, ouvi minha prima terminar suas preces.

O temor do Senhor é o princípio da sabedoria;
Revelam prudência todos os que o praticam.
O Seu louvor permanece para sempre.

Ela me ajudou a levantar e me equilibrou, mas não perguntou o que havia acontecido. Eu teria lhe contado tudo, mas percebi que ela queria que eu aprendesse que é melhor manter alguns mistérios em silêncio.

Após cerca de um mês com Maria em minha casa, um desconhecido bateu à porta. Era um jovem querendo convidar minha prima para seu casamento em Nazaré. Pude ver, pela forma como ele lhe agradeceu repetidas vezes, que ela havia desempenhado um papel sutil em promover aquele enlace.

Decorridos vários dias, uma jovem mãe apareceu para lhe mostrar seu bebê. Depois, uma anciã desdentada, sorrindo abertamente e oferecendo duas espigas de milho. Até o fim do mês, minha prima havia recebido visitas quase todos os dias. O número só aumentou depois disso.

A cada visita havia presentes. Meadas de fios, uma coleção de folhas — coloquei todos eles no antigo quarto de Otávia. Foi bom encontrar uma utilidade para aquele lugar amaldiçoado.

Quando uma família de cinco pessoas chegou para ver minha prima, presentearam-na com um jarro vazio, após terem utilizado todo o óleo que este uma vez contivera. Reconheci o recipiente, um jarro de minha própria cozinha. Depois disso, comecei a dar o presente de um visitante para outro, a fim de fazer espaço para mais.

Alguns dos que vinham estavam em visível estado de estresse. Uma noite, após o pôr do sol, uma mulher descalça, com um olho diabólico tatuado na palma da mão, bateu à porta com violência, perturbando a casa inteira. Desci e vi dois de meus criados segurando-a pelos braços, impedindo-a de irromper pela sala.

Minha prima logo me seguiu e conduziu a jovem até a salinha perto da entrada. Trouxe consigo um rastro de pegadas empoeiradas, mas não me importei com isso. Ouvi soluços de infelicidade, murmúrios baixos, rios de lágrimas até que a porta se abriu. A mulher descalça saiu. Minha prima olhou para ela, como se para lhe dizer que estava tudo bem. Acompanhou-a até o lado de fora e voltou em seguida.

— Ela está procurando meu filho — disse-me.

— Como te encontrou?

— Foi a Nazaré. Já havia ido me ver antes.

Desconhecidos chegavam de lugares tão distantes quanto Ramá, à procura de minha prima. Transformamos a salinha da frente em recepção. Coloquei criados perto da porta, como vigias. Em nome de sua saúde, acabei insistindo que não atendesse mais do que duas pessoas por dia.

Durante o terceiro mês da estada de minha prima, Manaém chegou sem avisar. Eu não o via desde o funeral de meu marido e fiquei surpresa com minha alegria por encontrá-lo de novo. Ele havia provado sua lealdade a Cuza. Era bem-vindo.

— Espero que estejas melhorando — disse ele. Uma saudação simples, porém, mais convincente do que todas as outras que me dispensara até então. A provação da doença de meu marido havia posto um fim à minha implicância com Manaém. Passamos a nos respeitar mutuamente. O que reconheci, somente quando ele ficou parado diante de mim, esperando ser convidado a entrar.

Levei-o ao jardim, certa de que havia uma razão para sua visita, mas ele parecia não ter pressa em se explicar e ficou falando sobre seus trabalhos e viagens. Quando, por fim, ficamos sem ter mais o que falar, ele se inclinou para a frente em sua cadeira.

— Recebi notícias de tua camareira — contou-me.

— Onde ela está? — perguntei.

Sua resposta foi longa e cada vez mais perturbadora.

Quando deixou Séforis, Otávia correu para o palácio de Herodes, ficando alguns dias por lá até que lhe arrumassem sua ida para Atenas. Herodes lhe prometera a liberdade, assim como o regresso à sua terra natal, mais cinco moedas de ouro. Em troca, ela mataria meu marido.

— Ela zarpou no início do outono — disse Manaém. — Ouvi falar de seus planos e mandei um homem atrás dela. Ele voltou para Tiberíades há alguns dias. Vim direto te contar.

Fiquei imóvel em minha cadeira, tentando entender o que ele dizia.

— O que acontecerá com ela? — perguntei.

— Otávia foi assassinada — disse Manaém. — Estrangulada por um fio de cobre que lhe cortou a garganta e separou...

Levantei a mão para que ele me privasse dos terríveis detalhes.

— Não havia dinheiro entre os seus pertences — continuou Manaém. — Tudo foi feito de forma a parecer um roubo, mas meu homem viu a maior parte do ocorrido. O assassino trabalha para Herodes.

Manaém ficou vários dias conosco. Foi tão gentil com minha prima como se ela fosse sua tia predileta. Fiquei imaginando como ele a conhecia tão bem. Um dia, quando ela e eu preparávamos o jantar, perguntei-lhe:

— Manaém tem ido a Nazaré para te ver? — Eu estava moendo grãos de pimenta para um ensopado.

— Não ultimamente. — Maria não fez menção de parar de trabalhar e continuou misturando óleo e farinha com os dedos. — A última vez que o vi foi em Cafarnaum no inverno passado.

— O Mestre se recusou a se encontrar com Herodes — disse eu, lembrando-me daquela viagem malfadada.

— Ficamos felizes em ver Manaém — disse ela.

Murmurei alguma coisa, sem perceber que fazia barulho.

— Ele te contou? — perguntou minha prima.

Sacudi negativamente a cabeça.

Ela fez uma pausa e ficou olhando para mim.

— Ele disse que te contaria.

Em Cafarnaum, Manaém falou a sós com o Mestre e depois disse a todos os presentes que era um discípulo seu.

Ouvi seu relato um tanto distraída. Não conseguia lembrar onde eu havia colocado aquela pedrinha negra que ele me trouxera em uma de suas vindas a Séforis. Chegou com ela, agora eu me lembrava, logo após sua estada em Cafarnaum.

Fui até o peitoril da janela da cozinha, lugar onde guardava curiosidades como aquela, até decidir o que fazer com elas. A pedra estava lá, junto com a chave de uma lamparina quebrada.

Fomos aos aposentos de Manaém. Eu estava envergonhada pela forma como o havia tratado tantas vezes no passado e olhei para minha prima, para que amenizasse a situação.

— Contei a Joana sobre o período que passaste em Cafarnaum — começou ela.

Segurei a pedra negra, tentando dizer que o entendia.

— Eu não sabia se devia te contar — disse ele. Nos sorrisos constrangidos que se seguiram, vi como as situações desastrosas de sua última estada em Séforis tinham forjado uma genuína amizade entre nós.

* * *

Na noite que precedeu sua partida de Séforis, Manaém mencionou que havia visto o Mestre em Cafarnaum, oito dias antes. Ele repetiu algo que parecia acreditar já ser do conhecimento de minha prima:

— O Mestre partiu para Jerusalém — disse ele. — Vai parar nas cidades pelo caminho e chegar a tempo da Páscoa.

— Quando ele partiu? — perguntou Maria. Pude ver que ela não sabia da ida do filho.

— Achei que ele havia te contado — disse Manaém, em parte, desculpando-se.

— Irei para Nazaré amanhã de manhã — disse Maria. — Preciso estar em Jerusalém quando meu filho estiver lá.

Sua determinação deve ter parecido estranha para Manaém. De minha parte, finalmente entendi o peso que ela carregava em silêncio. Seu filho ia ao encontro do próprio destino. Ela queria estar ao seu lado.

Nada falei sobre minhas intenções. Na manhã seguinte, simplesmente fui ao meu quarto, peguei a bolsa que havia preparado e a levei para a porta da frente. Minha prima desceu em seguida. Saímos juntas de Séforis.

✿ CAPÍTULO DOZE

E aconteceu que, ao se completarem os dias em que devia ele ser assunto ao céu, manifestou, no semblante, a intrépida resolução de ir para Jerusalém.

Lucas 9:51

Nossa caravana se compunha de parentes e vizinhos de minha prima. Fomos para o Sul, na direção de Jerusalém, com a intenção de acampar na cidade próxima de Betfagé durante a festa. A cada cidade nosso grupo aumentava em número. Muitos dos que se uniam a nós eram parentes daqueles já presentes. As pessoas se precipitavam para os braços umas das outras, como se estivessem contando os dias até que pudessem se encontrar.

Logo havia centenas de nós, com carruagens lotadas nos arrastando rumo à Cidade Sagrada. Conforme seguíamos nosso caminho, senti que estava deixando meu sofrimento para trás, assim como minha solidão. Como um presente de despedida de meu marido, pude ouvi-lo me garantir que eu não seria livre para fazer esta viagem se ele ainda estivesse vivo.

Ao passarmos perto de Monte Ebal, levamos um dia a mais para desfrutar de um riacho caudaloso e rico durante a primavera. Nós, mulheres, reunimo-nos ao meio-dia para dividirmos nossos pães e frutas secas.

Era a primeira vez que eu lamentava ter deixado Phineas em Séforis, pois não tinha nenhum criado para enviar à minha frente. Eu queria que Cláudia Prócula soubesse que eu estaria em Jerusalém e que esperava vê-la. Toquei no assunto com minha prima, da forma como ele passou pela minha cabeça. Ela aquiesceu, mostrando que me ouvira, mas não deu nenhuma sugestão.

Enquanto nos detínhamos em nossa refeição modesta, vimos um homem cavalgando para o acampamento, seguido por dois criados. O pelo lustroso de seu garanhão e sua túnica de fina lã denunciavam ser ele um homem de posses.

— José, o comerciante de especiarias — sussurrou uma mulher ao meu lado. Logo ficamos todos sabendo que o distinto membro do conselho judeu e admirador de minha prima estava em nossa companhia.

Ela se manteve discreta, endireitando a túnica com gestos rápidos. José, o filho gentil, logo se aproximou dela. Maria levantou-se sem olhar para onde estávamos, estendeu a mão para o jovem e foi com ele receber o visitante. Risadinhas e acenos de cabeça se intensificaram entre nós, até que minha prima voltou e fez sinal para que eu a seguisse.

— Diremos a ele que queres enviar um recado — disse ela.

Pude ver José de Arimateia na clareira à nossa frente, seu rosto redondo reluzia ao sol. Dei alguns passos adiante de minha prima, tendo sua presença serena e polida atrás de mim. Com isso, ficou difícil para o visitante ter uma visão imediata dela.

Ele falou comigo primeiro, olhando além de mim para ter uma rápida visão de Maria.

— Joana — disse ele —, que a bênção do Senhor esteja contigo. — Então, com mais consideração, acrescentou: — Teu marido era um bom homem.

Em uma voz que todos pudemos ouvir, ele explicou a José que estava vindo da Armênia rumo a Jerusalém com um carregamento que planejava vender durante a festa, quando, a alguns quilômetros atrás, viu nossa caravana vindo do Norte. Supôs que nela estaria a família do Mestre.

Seus homens seguiram em frente enquanto ele voltava meio dia de viagem em difícil cavalgada, na esperança de ver seus "amigos fiéis", como ele mesmo os chamava. O comerciante alisou os cabelos, uma penugem escura em meia-lua, que emoldurava sua cabeça graúda.

Minha prima estava um pouco mais reservada do que de costume, mas seu sorriso serviu como compensação. As faces morenas de José de Arimateia se iluminaram.

— Cara senhora — disse ele, reluzindo de admiração. — Tu deves estar te perguntando como encontrei teu acampamento. Permita-me dizer que posso ser muito obstinado.

Esquecendo-se de suas boas maneiras, deixou o olhar demorar-se nela. Maria o sustentou, condescendente, mas apenas por um breve momento.

— José — disse-lhe —, não queres vir te sentar à sombra? — Ela o conduziu até uma figueira, olhando de relance para onde eu estava, advertindo-me em silêncio para que eu ficasse por perto.

O perfume de aneto espalhava-se em torno do muro onde José se recostara. Ele olhou para minha prima e logo se viu perdido em seus olhos suaves e nos fios prateados cada mês mais visíveis em seus cabelos negros. Pude perceber o quanto gostava dela.

DUAS MULHERES DA GALILEIA

Querendo lhes dar privacidade, ofereci-me para trazer água. Levei algum tempo para voltar. Quando retornei, eles estavam concentrados na conversa.

— Dei um nome a cada uma — dizia minha prima, assim que coloquei o jarro perto dela.

— Às vacas? — riu José, sacudindo sua barriga de homem abastado.

— Chamam-se Cevada e Vanila, para combinar com a cor de cada uma.

Minha prima e seu visitante foram discretos enquanto desfrutavam da companhia um do outro. Recuando, tentei mais uma vez deixá-los a sós.

Outra demonstração de entusiasmo vinda de José mudou meus planos.

— Joana, vem te sentar ao lado de tua prima — insistiu, abrindo espaço para mim. Com Maria ao seu lado, ele estava mais extrovertido do que eu jamais o vira.

Chamando um de seus criados, mandou-o trazer um pacote de sua bagagem. O criado retornou com uma grande bolsa amarrada por um cordão de seda. Minha prima a abriu com cuidado e tirou dela um xale azul-escuro, bordado com rouxinóis dourados, que José trouxera de uma de suas viagens à Ásia. Admiramos o trabalho manual, Maria pôs o tecido luxuoso sobre os ombros e tirou-o em seguida. Nada poderia desviar sua atenção de seu convidado.

Em meio aos olhares afetuosos de José, pensei em Manaém, que sempre olhou para Maria com seu jeito de expressar admiração. Perto dela, ele se transformava em mel amornado. Como eu não tinha percebido antes? Dois homens tão poderosos estavam completamente atraídos por minha prima. Desde quando a conheceram, nenhum deles ficara muito tempo sem vê-la.

— Meu criado ficará convosco — disse José. — Mandai-o falar imediatamente comigo, se precisarem de algo.

— Precisamos — disse Maria. — Minha prima precisa mandar um recado.

José ouviu-me sem sequer se virar para mim, preferindo sorrir alegremente para Maria. Ela lhe explicou que eu gostaria de enviar um recado à esposa do governador, dizendo quando eu chegaria a Jerusalém.

— Deixa que cuidarei disso — disse José, vibrando só de pensar que poderia fazer algo a mais para agradar minha prima. — No passado, fiz muitos negócios com a esposa do governador. Mandarei avisá-la de minha presença, tão logo eu chegue em Jerusalém daqui a três dias. Trago cinábrio e jade de minhas viagens. Ela está sempre interessada. Quando a vir, eu mesmo transmitirei teu recado.

Ele era um homem reservado demais para nos lembrar de que, com frequência, também se encontrava com o governador. O mesmo pensamento deve ter ocorrido a Maria.

— Meu filho deverá chegar a Jerusalém antes de nós — disse ela.

José olhou-a, atento. Um entendimento mútuo fez-se presente entre eles.

— Quem sabe ele não me dá a honra de sua presença ficando em minha casa? — perguntou.

Ele nos deixou na manhã seguinte. Minha prima parecia estar com o humor melhor do que estivera nas últimas semanas. Fui dominada por uma forte sensação de que a estada de José conosco se tornaria o melhor momento de nossa jornada.

Continuamos rumo ao Sul. Em cada cidade, ficávamos sabendo das notícias da região. Perto de Sicar, ouvimos dizer que meu salvador havia passado por lá, seis dias antes. Quando os residentes da aldeia souberam que ele estava a caminho da festa dos hebreus, recusaram-se a deixá-lo passar pelo portão, embora, no passado, ele tenha pregado às multidões e curado seus enfermos.

Perto de Corea, ouvimos dizer que o Mestre estava falando para as multidões, quando um homem lhe perguntou se ele era o Ungido do Senhor que salvaria os hebreus de seus opressores. Quando ele lhe respondeu que sim, que fora enviado pelo Todo-Poderoso, alguns riram dele e muitos lhe jogaram pedras. Jesus fez novos inimigos naquele dia.

Quando chegamos a Betfagé, a uns três quilômetros de Jerusalém, muitos de nós estávamos preocupados com meu salvador. Simão veio falar com Maria e disse que iria a Betânia, a uma pequena distância dali. O Mestre sempre ficava lá na casa do amigo Lázaro e de suas irmãs. Simão pediria ao irmão que esperasse por sua família, de forma que pudessem entrar todos juntos em Jerusalém.

No dia em que Simão voltou, eu estava com minha prima na tenda de uma mulher que entrara em trabalho de parto. Ela estava tão apavorada, que Maria precisou lembrá-la de respirar. Esfreguei os pés roxos de frio da jovem mãe.

Ouvi Simão do lado de fora. Maria saiu para encontrá-lo. Pude ouvi-los conversando.

— Encontrei meu irmão — começou ele.

— Onde ele está? — perguntou Maria.

— Na casa de amigos dele.

O que interpretei, no início, como um riso abafado, foi na verdade o choro de Simão. Fui até a entrada da tenda, onde pude ver Maria abraçando o filho. Ele apertou o rosto contra seu ombro, mas, mesmo assim, não conseguiu conter as lágrimas.

— Simão — Maria finalmente falou. — O que aconteceu?

— Ele ressuscitou um homem. Lázaro já estava enterrado havia quatro dias.

Mal pude absorver o fato. Minha admiração e terror estavam estampados no rosto de minha prima. Eu gostaria de poder ouvir as preces que ela recitava em silêncio. Talvez assim saberia se dava graças ao Senhor pelo milagre do homem morto que voltara à vida ou se pedia pela vida daquele que o havia salvado.

Simão tomou as mãos da mãe e inclinou-se para ela. Homem rude, desajeitado por natureza, ele lhe falava em voz baixa, seu jeito de mostrar preocupação por ela.

— As pessoas correram para meu irmão e se ajoelharam para venerá-lo.

— Falaste com ele?

— Pedi que viesse para cá e ficasse perto de nós. Ele disse que estava indo para a Cidade Sagrada.

Muitos de nós nos reunimos em volta da fogueira naquela noite. Já era bem tarde quando fui ver minha prima. Ela havia se retirado sozinha, horas antes. Encontrei-a em uma clareira. Acreditando que ninguém conseguiria ouvi-la, ela olhava para o céu, pensando alto. Tamanha era sua angústia, que não me animei em me aproximar.

— Se Tu, Senhor, sabias que tudo acabaria assim, por que me escolheste? — Sua voz estava baixa e áspera, um murmúrio seco. — Um homem como ele deveria ter nascido de uma montanha, não de uma mulher. Não sou forte o suficiente para ele. Por favor, ouve-me. Não sou tão forte assim.

Precisei virar as costas. Não conseguia olhar para ela.

As estrelas pareciam indiferentes. Imaginei como iluminavam as pedras brancas da esplanada do templo da mesma forma que iluminavam os animais assustados que lá seriam abatidos. Estávamos a três dias da Páscoa, a festa da libertação.

 CAPÍTULO TREZE

[...] Sua mulher mandou dizer-lhe: "Não te envolvas com esse justo; porque hoje, em sonho, muito sofri por seu respeito."

Mateus 27:19

Conforme nos aproximamos do dia da festa, minha prima não ficou remoendo suas preocupações; juntou-se a nós nos preparativos. À noite, houve histórias sobre a primeira Páscoa e a coluna de nuvens que encobriu o céu, guiando os hebreus pelo deserto, rumo à libertação.

Ouvi e entendi que algo igualmente misterioso estava me guiando para meu futuro. Eu talvez jamais o teria seguido, se minha maldita liberdade não tivesse se imposto a mim. Logo após a morte de meu marido, tornei-me uma exilada. Não era mais bem-vinda nos círculos de poder que uma vez frequentara. Com exceção de Cláudia, meus pretensos amigos na corte não mais me convidavam para nada.

Foi uma estranha sensação a de ser enterrada viva e abandonada para morrer. Da noite para o dia, fui reduzida a um mero fantasma de mim mesma, pairando entre dois mundos, não mais bem-vinda em um e sem saber ao certo se me encaixaria no outro.

Certa manhã, tão logo acordei de um sono profundo, tive um vislumbre do que me guardava o futuro, embora eu não soubesse seu significado. Ouvi o som de uma voz tranquila me chamando no limite entre o sonho e a realidade.

— Joana — ouvi. — Vai a Nazaré.

Fiquei intrigada com aquelas palavras. Por que eu faria tal coisa, quando minha prima Maria estava comigo na estrada para Jerusalém? Como eu não tinha a resposta, segui o exemplo de meu criado, Phineas. Quando ele não entendia bem uma ordem, esperava em silêncio por mais instruções.

Na véspera da Páscoa, colhemos, descascamos e lavamos alimentos para a festa. Essa foi a minha introdução às preparações. Eu parecia uma criança procurando imitar os adultos enquanto tentava executar as tarefas mais básicas. Uma delas era amassar o hissopo até formar uma pasta e depois fazer o mesmo com a manjerona. Ao ralar o trigo, espalhei partículas de grãos, que voaram da pedra como poeira. Logo as recolhi, na esperança de que ninguém tivesse notado.

Durante a manhã, um clarão esbranquiçado se pôs acima de nós, concentrando o calor à nossa volta. Nenhum raio de sol conseguia abrir caminho. Eu havia esperado por um tempo mais fresco no sopé das colinas, mas os salgueiros e os choupos quase não se moviam para sugerir o indício de uma brisa. Era uma rara demonstração de mau humor da natureza. Continuamos nosso trabalho e aguardamos uma brecha nas nuvens.

Passei para minha próxima tarefa, lavando taças e polindo-as com um pano limpo. Foi nisso que tive melhor desempenho, exceto pelo fato de que eu não sabia quais orações recitar enquanto as limpava. Temi que as taças não ficassem tão puras sem as palavras sagradas. As devotas ocupadas à minha volta poderiam ter me dito quais orações recitar, mas, para falar a verdade, eu era orgulhosa demais para perguntar.

Quando terminei todas as tarefas, levei para minha prima a cesta de grãos que havia preparado. Ela catou algumas pedrinhas e restinhos de terra, jogando-os distraidamente para o lado, como se estivesse ajeitando a trança de uma criança.

— Eu gostaria de saber se meu filho se encontrará conosco — comentou.

Comecei a corrigi-la. Maria sabia, assim como eu, que ele já havia entrado em Jerusalém. Certamente, ele não iria embora de lá. Seus inimigos o chamariam de covarde.

— Ele já me surpreendeu no passado — contou-me.

Ao som do chofar, nossos companheiros começaram a se reunir e a recitar suas orações. Nós nos unimos a eles. Os olhos atentos de minha prima me diziam que ela não se livrara de seu desejo. Ao cair da noite, o céu ficou limpo. Uma lua cheia reluzente nos encorajou a ficar em volta da fogueira. A lua da Páscoa iluminava o caminho, da mesma forma como fizera com os israelitas na noite em que escaparam da escravidão.

Alguns de nós contaram histórias sobre o deserto, onde a água jorrava de uma rocha e onde os insetos constituíam a ração diária de seus ancestrais. Tentei imaginar meus próprios parentes entre aqueles ancestrais. Teria um deles, algum dia, pensado que uma filha sua romperia relações com os hebreus e, posteriormente, seria rejeitada pelos conquistadores a quem tomara como amigos? Como eu agora me encaixava bem entre os proscritos e estrangeiros que seguiam Jesus.

Fui despertada de minhas reflexões sombrias pelo trotar de cavalos e pelas vozes rudes que chegaram até nós, pelo vale logo abaixo. Alguns dos homens de nosso grupo saíram para acalmar os animais. Mães pegaram os filhos pequenos e adormecidos nos braços e fugiram. Eu sempre ouvira falar das invasões romanas aos campos de peregrinos. Os motins que se seguiam nessas ocasiões costumavam exaurir meu marido, cujo papel era o de controlá-los.

Um jovem impetuoso levantou-se e sacou a faca. Outros encheram os bolsos com pedras e o seguiram. Ouvimos gritos e passos pesados não muito longe de nós. Pouco tempo se passou até que pude ver, através da luz da lua, que soldados romanos estavam perseguindo nossos homens pela colina a partir do vale.

Fiquei de pé na beira de uma carroça para ver melhor. Os soldados atacavam até que, de repente, seu líder passou a frente e reduziu-lhes o ritmo, estendendo os braços e abaixando as mãos para o chão.

Esforcei-me para ver seu rosto, uma vez que tive uma vaga lembrança de seus gestos. Era Cuza que disciplinava seus homens daquela forma? Eu não conseguia me lembrar.

Três soldados vieram a cavalo em nossa direção. Os outros se mantiveram a distância, alertas a qualquer movimento. As mulheres que estavam perto de mim correram para se esconder. Alguns de nossos homens tomaram panelas e galhos como armas.

Aterrorizada, fui incapaz de me mover e logo consegui ver o líder com mais clareza. Ele andava a alguns passos à frente dos outros, a cabeça baixa, virada para o caminho sulcado. Estava tão perto de mim, que pude ouvir o rangido de sua armadura.

Corri para minha prima, que estava imóvel, tão apavorada quanto eu. Ouvimos os soldados cavalgando em nosso acampamento. Os homens mais velhos, os que tinham ficado para trás conosco, as mulheres, formaram uma muralha à nossa frente, uma última tentativa de proteger sua propriedade. Ouvi um comando claro do outro lado.

— Para trás, não queremos machucar ninguém!

Reconheci a voz e fui em sua direção, parando para ter certeza. De repente, vi Manaém atraindo toda a luminosidade da lua.

Caí em seus braços com um alívio inexplicável. Estávamos seguros, eu sabia.

— Joana — disse meu nome com tanta emoção, que cheguei a ficar surpresa. Recuei e olhei para ele. Eu não havia percebido como sentia sua falta.

— Minha prima está comigo.

— Eu sei.

— Como nos encontraste?

— José, o comerciante de especiarias.

Se eu alguma vez imaginara ter astúcia para reconhecer os justos e os injustos, a resposta de Manaém mostrou-me que eu não era nada sábia. José era o espião cuja missão era vigiar os inocentes. Jamais suspeitei. O mundo é um lugar muito mais sutil e complexo do que eu jamais julgara ser. Lá em Betfagé, na primeira noite da Páscoa, foi que fiz tal descoberta. Foi uma bênção da festa.

Quando viu minha prima, Manaém foi conversar com ela. Inclinando-se à sua frente, falou de forma a não ser ouvido. Aproximei-me deles.

— Teu filho foi preso — disse ele. — Alguns líderes religiosos o levaram para Caifás.

— Onde ele está? — perguntou ela, veemente. — Por favor, leva-me até ele. — Maria precipitou-se para a escuridão. Manaém pôs-se à sua frente e fez sinal para dois soldados.

— Levaremos esta mulher para Jerusalém! — informou-lhes.

Um deles adentrou a mata e voltou com um cavalo e uma carroça. Certamente, Manaém já havia previsto tudo aquilo. Viera para livrar minha prima do perigo. Todo o resto, a aproximação turbulenta, as ameaças, a invasão, fora pura fachada.

Os vizinhos e os parentes de Maria ficaram assistindo, mas não tentaram defendê-la. Estava claro que ela queria acompanhar os soldados. Um dos homens de Manaém ajudou-a a subir na carroça. Ousei gritar:

— Minha prima ficará mais segura se eu for com ela.

Manaém estava próximo o bastante, de forma que pôde me responder sem ser ouvido pelos outros. Disse-me que levaria Maria para a casa de um professor de direito, em Jerusalém, que seguia Jesus, embora em segredo. Ninguém procuraria por ela lá.

— A esposa de Pilatos está à minha espera — insisti. — Cláudia Prócula pode ajudar meu salvador. Deixa-me levar a mãe dele para conhecê-la. Ela verá que o filho de minha prima é de boa família.

Manaém olhou para Maria. Seus olhos eram poças reluzentes iluminadas pelo terror.

Ele não me respondeu; apenas ajudou-me a subir na carroça ao lado de minha prima. Saímos em disparada para a cidade. Aproveitei nosso tempo a sós para lhe explicar meu plano. Eu sabia que ela não discutiria comigo por medo de chamar atenção.

— Devemos as duas encontrar Cláudia Prócula — disse eu. — Quando te vir, ela irá entender.

— O marido dela odeia meu povo — respondeu Maria.

— Cláudia pode falar com Pilatos — insisti. — Pode dizer a ele que Jesus é um homem santo. Será melhor para ele se conversares com ela.

Para salvar o filho, Maria ficou em silêncio.

Passamos pelo portão de Damasco. Manaém reduziu o ritmo, quando estávamos prestes a entrar na cidade, e fez sinal para nossa escolta parar.

Em seguida, veio cavalgando para nosso lado, tomou as rédeas e acalmou os cavalos.

— A casa é logo ali na frente — disse à minha prima.

A resposta dela me surpreendeu, uma vez que mal havia falado comigo durante nosso tempo a sós.

— Será melhor para meu filho se eu for com Joana falar com a esposa do governador — disse ela.

Manaém sacudiu a cabeça, contrariado.

— Ninguém irá procurar por ela lá — disse eu. Na minha ansiedade, tropecei nas palavras. Manaém aproximou-se de mim para me ouvir. Sua súbita aproximação confundiu-me ainda mais. Detive-me, incapaz de falar qualquer coisa.

Ele me olhou como se tivesse visto algo em mim que jamais percebera antes. Ficou surpreso, assim como eu, com nossa troca de olhares. Aos poucos, afastou-se.

— Por favor — pediu Maria. — É preciso que seja assim.

Manaém desistiu de discutir.

— Como quiseres.

Fomos para o forte romano. No palácio, Manaém falou com os guardas e ordenou que dois de seus homens nos acompanhassem até os aposentos de Cláudia Prócula. Antes de nos deixar, assegurou à minha prima que ajudaria seu filho. Prometeu lhe dar notícias assim que tivesse informações sobre o Mestre.

Era a quarta vigília da noite; não havia amanhecido ainda. As lamparinas ardiam nos aposentos de Cláudia Prócula. Ela abriu a porta, e eu recuei ao vê-la. Cláudia estava de camisola, tinha os cabelos soltos e em desalinho. Quando me abraçou, senti cheiro de vinho.

— Não estou bem — disse-me. — Meu astrólogo, Dário, esteve aqui. Ando preocupada desde então. — Olhou desconfiada para minha prima. Um sorriso desanimado fez-se presente em seus lábios. — Dário disse que eu receberia uma visita esta noite. Desejei que fosses tu, Joana. — Dando as costas para Maria, repreendeu-me: — Ele não disse que seriam duas mulheres.

— Esta é minha prima, a mãe de meu salvador — comecei.

— Sim, claro — interrompeu-me. Mais um meio sorriso passou por seus lábios, quando se afastou de nós para se deitar em sua cama. — Joana, minha querida, bebe alguma coisa — dirigiu-se a mim, fazendo um gesto para a criada ao lado da porta. — Traz algumas taças — ordenou à menina.

— A mãe de meu salvador — tentei novamente. Cláudia tomou um longo gole de sua taça. Duvidei que tivesse me ouvido.

— Deves estar muito cansada — suspirou, virando-se para Maria. — Deixa minhas criadas te mostrarem teu quarto. Deverias tentar dormir.

— Estou aqui por causa de meu filho — disse Maria, sem a menor intenção de nos deixar.

— Algo errado? — perguntou Cláudia. Sua voz ficou grave. — Joana?

Fiquei entre as duas mulheres, preparada para o caso de Maria resolver virar as costas, de forma determinada. Ela nos observava enquanto tomava sua decisão. Quase pude ouvi-la pensando no que seria melhor para Jesus. Ficou parada perto da porta. Pedi a Cláudia que nos desse licença e acompanhei Maria até seu quarto.

— Ela não sabe o que aconteceu — comentou Maria, impaciente, conforme seguíamos as criadas pelo corredor. — Precisas fazê-la entender.

— Preciso de um pouco de tempo — respondi. — Deixa-me falar a sós com ela. Pilatos não tomará nenhuma decisão esta noite.

Deixei minha prima e voltei correndo pelo corredor. Cláudia Prócula me aguardava com uma taça de vinho na mão.

— Jo-aaanna — cantarolou com doçura. — Bebe isto. Tu te sentirás melhor. Mal tenho palavras para dizer como me sinto bem em te ver.

A palidez de sua pele era um indício de que ela passara a noite lutando contra pesadelos. Seu roupão estava aberto nesse momento. Descalça, mal conseguindo segurar a taça de prata, Cláudia foi à janela e observou a lua que descia no céu.

— Ficaremos todos sozinhos — lamentou-se.

— Meu salvador, Jesus de Nazaré, foi preso — disse eu, ignorando a taça que ela balançava para mim, até que a colocou de lado.

— Meu astrólogo disse que haveria um terrível fenômeno da natureza esta noite. — Afastou os cabelos desalinhados da testa e me chamou para seu lado. — Fica comigo enquanto durmo — pediu, segurando minha mão. Cambaleamos até sua cama, e ela se deitou. — Estou tão assustada...

Eu não podia deixá-la dormir.

— Meu salvador, Jesus, aquele sobre quem te falei, precisa de tua ajuda — insisti.

— O que ele fez? — Recostou-se, como se fosse um esforço ficar acordada.

— São tantos agora os que o seguem, que seus inimigos temem que ele divida o povo.

— Dário me contou — disse Cláudia Prócula, arrastando as palavras. — Os deuses vão pregar uma peça em meu Pilatos. Mandarão um deles, disfarçado, para ver meu marido. — Cláudia agarrou minha mão e sentou-se na cama. Seus dentes começaram a bater, como se tivesse pegado um resfriado. — Preciso avisar meu marido. Ajuda-me. O que devo dizer a ele?

Com toda a minha força, agarrei seus braços suados e a segurei firme. Eu não tinha certeza se ela poderia me ouvir.

— Diz a Pilatos que ele não deve machucar este santo homem.

Cláudia caiu novamente na cama, jogando um dos braços sobre os olhos.

— Os deuses se viraram contra nós — lamuriou-se, até que caiu em um sono intermitente.

Pela janela, percebi dedos enegrecidos deslizarem pela lua como o ataque perigoso de um assassino. No início, eram poucos dedos e então uma invasão que lhe bloqueou a luz. O que antes fora uma bela pérola no céu parecia agora entalhada e desfigurada. O anjo da morte estava passando acima de nós. Fechei os olhos, apavorada demais para assistir.

Peguei um pano úmido de uma bacia em cima da mesinha de cabeceira de Cláudia Prócula e o pressionei contra suas faces. A frieza da água despertou-a de seu sono. Sentando-se na cama, ela virou a cabeça para trás, levantou-se sobressaltada e foi para a janela.

— Não é culpa dele! — gritou para o céu.

Sem a luz da lua, o quarto ficou escuro. Tateei em busca da vela, acendi-a e fui para perto de Cláudia, dizendo seu nome repetidas vezes, com o intuito de tranquilizá-la. Seus olhos brilhavam. Ela era uma corça assustada que se afastava de mim, com medo de que eu a machucasse.

— O rei dos judeus está pregado a uma cruz romana! — gritou. Ela estava tentando me fazer entender.

— Não — rebati. — Não há rei algum. Estavas sonhando.

— Meu marido. — Cláudia levantou o rosto e observou o próprio delírio se desenrolar na extensão pálida do céu. — Pilatos espalhou sangue no chão. — Quando se virou para mim, sua boca estava tomada de ódio.

Tentei segurá-la, impedi-la de se ferir com as próprias unhas.

— O chão se abriu sob seus pés — continuou, ofegante. — Meu marido caiu. Ninguém pôde salvá-lo. — Sua mão balançava em desespero. Suas unhas arranharam meu rosto. — Sangue como chuva! — gritou.

— A casa de César está manchada de sangue. — Afastou-se de mim, soluçando. — Estou afundando em sangue.

Por fim, criados e guardas entraram correndo no quarto. Minha amiga torturada apontou para um dos criados e deu-lhe uma ordem:

— Vai até meu marido — disse ela, as mãos trêmulas ao lado dos ouvidos. — Diz a ele que tive pesadelos. Diz-lhe que não faça nada com relação ao nazareno. — Dispensou a camareira que estava tentando acalmá-la. — Eu mesma falarei com ele! — gritou. Cláudia pôs-se a correr, mas os guardas interceptaram sua passagem. O toque deles em seu corpo fragilizado impediu-a de continuar. Um dos guardas levou-a cambaleante de volta para a cama.

Minha prima estava entre os criados que testemunharam o espetáculo, amontoados à porta. Os olhos semicerrados de Maria me disseram que ela já havia se decidido com relação à nossa aliada decepcionante. Cláudia não era capaz de fazer mais nada além de mandar uma advertência ao marido. Meus olhos arderam em virtude das lágrimas. Maria não mostrou tais sinais de derrota.

— Joana — disse ela. Segui-a em silêncio pelo corredor e pelas escadas. No andar inferior, quando estávamos quase alcançando o portão de ferro, um guarda do porte de um touro entrou, vindo da rua. O céu da madrugada estava da cor do peito de um pombo.

O guarda aproximou-se de mim, determinado. Achei que iria nos prender, mas, em vez disso, perguntou por minha prima, referindo-se a ela como Maria de Nazaré.

— Sou a pessoa que estás procurando — respondeu ela. Estava ansiosa, como se soubesse que ele viria.

— Meu capitão, Manaém, manda recado — informou. — Devo dizer-te que Jesus, o Mestre da Galileia, foi acusado de blasfêmia pelos líderes religiosos.

Minha prima ouviu, encolhendo-se devagar, como se prestes a cair, mas não tirou os olhos do rosto do guarda.

— Onde está meu filho? — perguntou.

— No palácio do governador.

Maria aproximou-se do portão pesado enquanto o guarda continuava sua narrativa. Ela ficou com uma das mãos nas barras que nos separavam da rua.

— O governador se reuniu com o conselho religioso — continuou o mensageiro.

José, o comerciante de especiarias, estava naquele mesmo salão, embora o guarda não tenha mencionado seu nome.

— Todos, exceto dois, votaram contra o galileu.

— Aqueles que votaram contra — perguntei, incapaz de controlar minha obsessão por detalhes — que punição pediram para ele?

O guarda não respondeu.

Maria usou de toda a sua força para empurrar o portão. Eu a segui. A lua era um disco desfalecido, tão diáfana que eu quase podia enxergar através dela.

O guarda estava logo atrás de mim, gritando que devíamos segui-lo. Ele nos tiraria de Jerusalém. Não parei, mas temi que ele viesse me deter à força, o que não fez. Podíamos ver minha prima à nossa frente, correndo pela rua, seu véu balançando como uma bandeira encabeçando um ataque.

Tropecei uma vez, não por desequilíbrio meu. A bainha de minha túnica ficou presa em um arbusto espinhento, o que nos atrasou mais uma vez. Chegamos ao palácio do governador não muito depois de minha prima. Ela se virou de repente para olhar para nós, o guarda parou de súbito. Insisti que ele nos deixasse entrar.

— Entrarei com ela — informei-lhe.

A partir de então, ele nos seguiu de perto, mas não voltou a nos dirigir a palavra nem tentou direcionar nosso curso.

 CAPÍTULO CATORZE

Herodes, vendo a Jesus, sobremaneira se alegrou, pois havia muito queria vê-lo, por ter ouvido falar a seu respeito; esperava também vê-lo fazer algum sinal.

Lucas 23:8

No pátio próximo ao seu palácio, Pilatos ouvia os testemunhos sobre meu salvador, tendo-o de pé à sua frente. Do lado de fora, a comoção ganhara as ruas. Desconhecidos viravam-se uns para os outros, querendo saber qual seria o resultado da audiência. Somente os primeiros a chegar ao palácio puderam entrar no pátio. Este logo ficou lotado, de forma que a maior parte da multidão foi forçada a aguardar do lado de fora.

Esperávamos que um dos homens de Pilatos saísse para anunciar o veredicto: culpado ou inocente. Não estávamos preparados para o que aconteceu a seguir. Uma multidão saiu apressada, berrando o resultado da audiência. Pilatos se recusara a tomar uma posição contra ou a favor de Jesus. Em vez disso, ordenou que meu salvador fosse levado a Herodes Antipas, para interrogatório.

— O profeta da Galileia deverá ser julgado pelo tetrarca da Galileia! — gritou alguém da multidão, mais alto que a balbúrdia. Parei um senhor idoso que vinha mancando em minha direção. Reconheci-o de muito tempo atrás. Era Zorá, o aleijado que Jesus havia curado em Cafarnaum.

— Pilatos disse que Jesus é inocente — assegurou-me Zorá, com sua voz fraca.

Segurei seu braço, tentando acalmá-lo.

— Para onde o estão levando agora? — perguntei.

— Pilatos não conseguiu encontrar nenhum crime do qual pudesse acusá-lo.

— Ele o soltou? — insisti.

— Um mensageiro apareceu no pátio enquanto Asa estava defendendo o salvador. Ele havia curado Asa de sua cegueira.

Tentei apressar Zorá.

— O que disse o mensageiro?

— Não pudemos ouvi-lo. Mas, quando ele foi embora, Pilatos deu fim à audiência. Disse apenas que não via razão para condenar Jesus.

— Cláudia — sussurrei. O aviso de Cláudia Prócula devia ter chegado ao governador. Pilatos não ousou fazer nenhum julgamento, quando ouviu sobre o sonho agourento da esposa, mas também não soltou Jesus. Algo em seu íntimo não permitia que libertasse um hebreu. Qualquer hebreu. Ele odiava todos, da mesma forma que todos o odiavam.

De todos os lados, saiu uma horda turbulenta dirigindo-se a passos pesados para o palácio de Herodes. Maria e eu ficamos presas no meio da debandada e acabamos sendo levadas para o lugar onde Jesus seria interrogado.

Meu tetrarca demente estava finalmente conseguindo o que queria. Após passar meses insistindo para que eu lhe arrumasse o encontro, após envenenar meu marido — em parte por ele não ter conseguido levar meu salvador a Tiberíades —, Herodes estava para ter satisfeito seu desejo de conhecer Jesus. Pilatos, em pessoa, acabara o ajudando. Logo ele, que odiava Herodes e jamais faria qualquer coisa por ele.

Tão logo eu soube para onde estávamos indo, abri caminho aos empurrões e cotoveladas, de braços dados com Maria, para que pudéssemos estar entre os primeiros a chegar e assistir a tudo com nossos próprios olhos.

Determinada, pus o medo de lado. Eu estava correndo ao encontro de meu inimigo, que poderia muito bem me matar, caso me visse ao seu alcance. Ótimo, pensei, morrerei junto do homem que uma vez me salvou da morte. Era o bastante para mim.

— Seguirei sozinha daqui por diante — minha prima anunciou de repente, com o braço estendido à minha frente para impedir minha passagem. — É perigoso demais para ti.

Ela continuou a andar, dando a impressão de que esperava que eu parasse e ficasse para trás. No entanto, mantive-me ao seu lado.

— Sei como falar com Herodes — disse eu. — Posso tentar convencê-lo.

Não havíamos trocado mais do que algumas palavras durante toda a manhã, poupando uma a outra de nossas preocupações. Agora, mais uma vez, ficávamos em silêncio, cada uma aguardando que a outra dissesse alguma coisa. Eu não podia prometer a Maria que influenciaria Herodes, mas ela deve ter entendido, assim como eu, que precisávamos tomar conta uma da outra.

— Está bem — respondeu. Levantei meu lenço dos ombros e cobri minha cabeça enquanto corríamos para o portão do tetrarca. A multidão estava tentando passar pelos guardas que investiam contra ela, balançando lanças e chicotes. Dei um jeito de sair de lá, segurando firme em Maria. Havia uma entrada lateral com acesso à propriedade, onde meus criados costumavam entrar e sair. Certamente fora a mesma entrada por onde Otávia passara, na noite em que traiu meu marido. Àquela hora da manhã, o único guarda ali presente estava dormindo. Passamos despercebidas por ele.

Maria manteve um ritmo rápido, ao subirmos um lance de escadas que levava à arcada do segundo andar. Entramos em uma saleta com uma ampla vista para o principal pátio interno, abaixo de nós. Observamos quando seis guardas se posicionaram em torno do pátio. Dois criados entraram levando o trono de Herodes para a passarela elevada que ficava acima do pátio de pedras. De lá, o tetrarca podia olhar de cima para todos.

Quando a cadeira real foi posta bem à nossa vista, minha prima virou-se para analisar meu rosto, sem fazer pergunta alguma. Ela deve ter percebido que eu estava determinada a ficar.

Alguns homens do conselho hebreu, os que tinham vindo acusar Jesus, entraram no pátio e ficaram perto do trono vazio. Pouco depois, meu salvador foi conduzido pelo chão de pedras até a tribuna de frente para eles. Diante da visão do filho, Maria inspirou de repente, uma inspiração baixa, mas que me assustou. Dei um passo para trás, e meu pé esbarrou em um poste de iluminação que eu não havia notado.

— Não podemos fazer nenhum ruído — sussurrei para ela.

Assim que Herodes entrou no pátio, puxei meu lenço para mais perto do rosto. Eu vivia com medo de encontrá-lo novamente. Tudo o que pude fazer foi esperar que ninguém passasse pelo corredor e nos descobrisse lá.

Herodes foi diretamente a Jesus, excitado pela figura espancada à sua frente. Sorriu satisfeito, certo de que havia superado um sábio adversário.

Andando à sua volta, observando-o, bafejou em seu rosto, à espera de alguma reação. Meu salvador não se moveu.

— Então este é Jesus de Nazaré — dirigiu-se ao conselho, assim como aos guardas e aos criados, uma pequena audiência, mas que lhe foi útil. — Tenho ouvido falar muito deste profeta de Nazaré. O fazedor de milagres, não é como te chamam? — Desamarrou as mãos de meu salvador e virou as costas para ele. — Vamos lá, faze um milagre. Salva-te.

Herodes afastou-se, virou-se bruscamente e retornou.

— Conta-me, profeta, qual será meu futuro?

O que mais um homem intoxicado por si mesmo gostaria de saber?

— Meu vidente diz que eu serei lembrado para sempre pela História — Herodes garantiu confiante à sua audiência. Então, menos confiante, voltou a falar com Jesus: — Mas ele não sabe me dizer por quê. Tu irás me dizer.

Meu salvador sacudiu negativamente a cabeça, um movimento sutil. O tetrarca tirou proveito de seu gesto:

— Não? Certamente, não estás querendo dizer que não há futuro para Herodes. — Começou a rir, como um cavalo relinchando. — Ordeno que me digas como serei lembrado. — Suas esperanças para o futuro escaparam de seus lábios: — Serei o governador de Jerusalém, não é isso?

A raiva crescente de Herodes me aterrorizou. Eu sabia do que ele era capaz quando se sentia ameaçado ou confuso.

— Responde-me ou serás enforcado.

Devo ter recuado sem me dar conta. A lamparina atrás de mim despencou de seu pedestal e se estilhaçou no chão.

Em meio àquele silêncio opressor, Herodes olhou para a sala onde nos escondíamos. Três guardas já estavam subindo as escadas.

— Fica aqui — disse eu, pedindo a Maria que ficasse no fundo da sala.

Ela não discutiu. Era sua forma de me deixar tentar pôr meu plano em ação. Ela me deixaria ir ao encontro de Herodes, da mesma forma que me deixara falar com Cláudia, poucas horas antes. Se eu falhasse agora, como falhara antes, ela agiria por conta própria. Mas não até me dar uma chance. Sua confiança em mim deu-me mais determinação.

Saí da sala e me deparei com os guardas. Eles me seguraram com seus pulsos de ferro, antes que eu pudesse protestar. Não desisti facilmente. Queria que Herodes me visse, antes que eles me arrastassem dali. Cada um deles era forte como um touro. Não havia como fugir.

— Tirai as mãos de mim! — gritei, em uma última tentativa de manter minha dignidade. — Sou Joana, viúva de Cuza, o procurador-chefe de Herodes. Como ousais me tocar?

A cena da qual eu fazia parte congelou. Todos viramos estátuas de granito diante de meus olhos; todos nos transformamos na obra de um artista. Ninguém se moveu para o que, a mim, pareceram ser várias horas.

— Esperai! — ordenou Herodes. — Trazei-a aqui.

Convencida de que aquela seria a hora de minha morte, não havia motivos para eu ter cuidado. Olhei desafiante para meus guardas, até que me deixaram ir. Descendo as escadas como se estivesse entrando em minha própria sala do trono, atravessei o pátio.

Fui até onde estava meu salvador e ajoelhei-me diante dele. Tomei sua mão encrostada e a pressionei contra meus lábios. Pude sentir como a morte se apossara dele. Ele estava em paz com ela. Ergui o rosto e vi uma compaixão levemente encoberta por uma distância incomum. Ele estava entre nós, mas já não mais um de nós. Ele havia se preparado para o pior.

— Não — implorei a ele, pressionando sua mão contra meu rosto. — Não desta forma.

— Joana! — A voz de Herodes cortou o ar. — Bem, bem, Joana.
— Virei-me, ainda de joelhos. — Finalmente, aqui estamos nós — disse ele. — Tu, eu e teu milagreiro, juntos. Uma pena que teu marido não esteja conosco. Meu falecido companheiro, Cuza.

Sem me levantar, dirigi-me a ele:

— Ouvi quando disseste que serás governador — comecei, com uma segurança forçada. — Sei o que queres. Posso te ajudar. Tenho amigos, pessoas influentes.

— É mesmo? — respondeu, mais entretido do que qualquer outra coisa. — E quem são estes teus amigos?

— Meu marido era tido em grande estima por Lucius Vitellius. Espera-se que ele seja o próximo governador da Síria. O que ele ordenar virá a ser. Posso mandar um recado para ele falando de todas as coisas que meu marido dizia a teu favor.

— Ele não dará importância às palavras de uma mulher tola.

— Cláudia Prócula — emendei em seguida, fazendo promessas. — Ela é minha amiga fiel. Sei que falará a teu favor com o marido, o governador, se eu pedir.

Herodes assentiu com a cabeça, um gesto exagerado, fazendo troça de mim para sua audiência.

— E o que queres em troca desses favores que estás me oferecendo? — perguntou, olhando para os guardas, para incluí-los na pilhéria.

— Liberta este homem inocente.

A sala explodiu em uma gargalhada.

Herodes virou as costas para nós e se afastou. A ameaça da violência pesava no ar. Eu mal conseguia respirar.

— Sei, sei, Joana — disse ele. — Por favor, levanta-te. A nobre viúva de meu procurador não precisa se ajoelhar diante de seu tetrarca.
— Pegou-me pelo braço e levou-me para um canto. — Aqui, agora poderás ver tudo daqui — disse ele e voltou-se para Jesus.

— Ouvi dizer que andas espalhando a notícia de que o templo de Jerusalém será destruído — começou ele. — Que não restará pedra sobre pedra. Então, profeta, será teu próprio povo que sofrerá, e não os aliados de Roma. Não é isso o que dizes?

Herodes foi até onde estavam os integrantes do conselho, para ter certeza de que eles estavam prestando atenção.

— Diz-me, profeta, quanto tempo durará meu reino?

Ele empurrou o peito de meu salvador, mas Jesus recusou-se a falar. Seu completo silêncio enervou Herodes.

— Ouvi-me! — gritou o tetrarca para todos. — Estou vos avisando: este homem planeja atacar Jerusalém!

Parou de caminhar e olhou com atenção para os cabelos colados e o rosto marcado de Jesus.

— Entendes, profeta, que não podemos te ter ameaçando meus súditos dessa maneira? Poderias começar uma revolta.

Mais uma vez, Herodes buscou a aprovação do conselho. Seus traços se retesaram. A raposa estava cercando sua presa.

— E quando o templo for destruído, o que acontecerá? Talvez queiras ser o rei dos judeus. É este teu plano?

Herodes riu da própria sabedoria.

— Estás vendo, Joana? Poderás voltar à corte antes que te dês conta. Teu salvador quer ser rei.

Girando nos calcanhares, Herodes dirigiu-se ao criado que segurava seu manto, tomou-o com as próprias mãos e voltou a passos largos para onde estava Jesus.

— Um rei precisa de um guarda-roupa apropriado — disse ele. Sacudiu o manto pesado de linho para abri-lo e o colocou sobre os ombros de Jesus, fechando o pino de prata em torno de seu pescoço. Em seguida, virou meu salvador a fim de que ficasse de frente para os guardas e para os criados no pátio.

— Curvai-vos diante do rei — ordenou.

Os membros do conselho ficaram parados, nervosos, recusando-se a mover-se. Os guardas, porém, caíram de joelhos, como se César estivesse passando. Alguns deles rolaram no chão, zurrando como mulas. Esperei que meu salvador se defendesse, mas ele nada disse.

Herodes olhou para os guardas e para os rostos ansiosos do conselho, a fim de ter certeza de que todos estavam prestando atenção. Ergueu lentamente o polegar, manteve-o no alto e baixou-o com um movimento brusco.

— Levai-no para Pilatos — disse. — Deixo a última palavra para o governador.

Maria foi até a soleira da porta da sala no andar de cima e olhou atentamente para o filho logo abaixo, mas não o chamou. Bastava-lhe que ele a visse e soubesse que estava com ele.

O tetrarca não percebeu a troca de olhares. Estava prestando atenção ao espetáculo grotesco que se desenrolava entre os guardas, seus olhos dançando de prazer.

— Teu salvador é um tolo, Joana — gritou para mim. — Salvou tua vida, mas não a dele. — Arrancando o manto de Jesus, com ele açoitou o ar e jogou-o para um criado.

— Queime isso — disse com desprezo. Então fez sinal para que os guardas levassem Jesus. Eu estava pronta para ir com ele.

— Tu não, Joana — disse Herodes. Parei, ciente de que seria presa.

Herodes deixou-me cambalear à sua frente enquanto pensava em qual punição me causaria maior dor. Como sempre, em tais assuntos, fez a melhor escolha.

— Irás vê-lo morrer — disse, balançando a mão em um gesto de dispensa.

Permaneci lá, trêmula, incapaz de falar. Quando por fim me controlei, o pátio estava vazio. Subi as escadas para encontrar minha prima. Ela parecia uma sombra, à porta da sala superior. Desceu as escadas sem emitir som algum.

Fomos embora e voltamos para o palácio de Pilatos, onde fomos forçadas a nos misturar à multidão de homens e mulheres que haviam perdido a razão. Ganindo, resmungando como hienas, eles não eram capazes de diferenciar amigos de inimigos.

O governador tomou uma rápida decisão para chegar ao veredicto. Deixou a multidão decidir.

A toada começou:

— Crucificai-o!

Acreditei que tivessem Herodes no coração, e não meu salvador, ao gritarem seus insultos. Mas foi para Jesus que apontaram, tomados de ódio.

 CAPÍTULO QUINZE

Entretanto, todos os conhecidos de Jesus e as mulheres que o tinham seguido desde a Galileia permaneceram a contemplar de longe estas coisas.

Lucas 23:49

Meu salvador foi levado para o Monte Calvário, onde o mataram.

Segui-o, algumas lembranças passando por mim, outras se acendendo diante de meus olhos. Ele bebia e dançava conosco. Ensinou-nos a ver o mundo à nossa volta como nunca o tínhamos visto antes. Os pobres são ricos, um campo de lírios é mais majestoso do que os mantos de um rei.

Ele saía facilmente da companhia de eruditos e advogados para as esteiras de palha dos aleijados sem-teto; jantava com os coletores de impostos que trabalhavam para César e fazia amizade com mulheres impudicas. Conheceu todos nós do jeito que éramos e levou-nos para mais adiante. Por esse motivo, despertou uma suspeita que foi entrando em lenta ebulição até se transformar em ódio.

Que lição eu deveria tirar desse exemplo? Uma vida honrada é um ato de coragem!

Maria e eu ficamos ao seu lado, junto com outros poucos que permaneceram conosco. Reconheci Ana, a mulher que lhe dera abrigo em Cafarnaum. Zorá, é claro, estava no monte. Também vi vários dos vizinhos de minha prima que moravam em Nazaré. E lá estava uma mulher que me lembrei de ter visto na primeira vez em que encontrei meu salvador. Maria de Magdala, que estava com Jesus em Cafarnaum, no dia em que fui ao mercado comprar especiarias e adornos.

Lembro-me de como aquela mulher tomou minha mão e tentou me levar até meu salvador. E de como me assustou, e de como corri. Alguma coisa teria mudado se eu tivesse aceitado sua ajuda naquele dia? Minha teimosia sempre foi um defeito que me custou muito caro.

Nós, mulheres, ficamos juntas à medida que subíamos o monte atrás do homem que amávamos. Durante todo o trajeto, o topo do monte mostrou-se ameaçador. Não o monte em si, mas os pilares de madeira que se erguiam das pedras à espreita de suas próximas vítimas.

Estava próximo do meio-dia, mas o sol se recusava a sair de trás das nuvens. Uma luz acinzentada liberou uma garoa sobre nós. Eu estava oprimida por pensamentos mórbidos. Se ao menos os soldados amarrassem meu salvador ao pilar de madeira, e não o pregassem com cravos de ferro... Amarrar seus braços a uma viga e deixá-lo assim seria menos doloroso do que lhe pregar as mãos e os pés à madeira.

Se era mesmo preciso haver cravos, eu os queria ter escolhido. Pilatos, sovina que era, ordenou que os cravos fossem retirados de um corpo já morto e martelados no próximo condenado. Os cravos a serem pregados nos ossos de meu salvador deveriam provir das mãos e dos pés de um homem sagrado como ele. Esses sonhos desesperados se chocaram contra as laterais de minha cabeça.

Eu teria preferido evitar uma visão tão próxima de Jesus, mas sua mãe queria ficar o mais perto possível. Estávamos lá quando ele sucumbiu. Maria fez menção de correr para o filho, mas um jovem surgiu repentinamente ao seu lado, falando somente com ela.

Eu sabia que ele era um dos discípulos mais chegados do Mestre. Maria lhe respondeu, chamando-o pelo nome: João. Ele foi muito gentil e ficou humildemente ao seu lado, sem tentar resolver as coisas. Ficaram juntos desde então. Pude perceber como ele a acalmava.

Após ter subido mais da metade do monte, eu ainda não tinha visto nenhum dos outros apóstolos. Onde estavam eles? Imaginei se teriam seguido na frente, para subornar os soldados no alto do monte, a fim de que soltassem seu amado Mestre.

A verdade é que havia muito mais de nós, que tínhamos sido curados de nossas doenças, do que de sua família ou seus amigos, naquele trajeto. Fiquei em silêncio, perdida em meu pânico e pensamentos confusos. A qualquer momento, pensei, o Todo-Poderoso enviará seus anjos para deterem os guardas e jogá-los no chão.

Aguardei o som da batida das asas abençoadas, mas o que ouvi foi o chamado da morte: "Tragam aqui seus rebeldes, traidores e todos aqueles condenados pelos líderes de Jerusalém", acenava o topo do monte, através das nuvens carregadas.

Próximo ao fim de nossa subida, um soldado empurrou meu salvador para apressá-lo. A viga de madeira escorregou de seu ombro, e ele caiu. Maria correu até ele, gritando:

— Deixai-o ir!

Um dos guardas sacou um bastão de madeira do cinturão e o balançou para ela.

— Mata-me, mas não meu filho! — gritou ela.

Algumas das outras mulheres começaram a bater no peito, em um gesto de solidariedade. A pobre Ana jogou pedras nos soldados, até que alguém próximo a ela a fez parar para que não fosse açoitada até a morte.

Quando chegamos ao nosso destino, nada podia mascarar o odor de carne pútrida. Eu jamais colocara os pés no Monte Calvário, mas o simples fato de passar pelo seu sopé já me obrigava a cobrir o rosto com o lenço para bloquear aquele odor odioso.

Às vezes, havia vinte ou até cinquenta corpos pendurados nas cruzes. Alguns dos agonizantes tinham o infortúnio de sofrer durante dias.

Minha prima e eu ficamos com o jovem João, Maria de Magdala, Ana e outras mulheres da Galileia. O rumor da morte talhava o ar tempestuoso. Cravos sendo enterrados na pele, gemidos, arquejos repentinos de dor oprimiam nossos ouvidos. Fiquei ao lado de Maria, determinada a ser forte por ela, até que tudo acabasse.

Ele morreu logo. Na verdade, nenhum de nós estava preparado para isso. Achávamos que ficaríamos com ele em sua agonia durante horas, dias talvez. Meus olhos se voltaram para o chão enquanto eu pensava em tudo o que deveria ser providenciado para um enterro digno. Nada disso havia sido feito, e eu não conseguia pensar em quem, entre nós, teria forças para enterrá-lo agora. Muito pouco tempo restava até o nascer do sol e o início do sabá. A partir de então, seria impossível providenciar qualquer coisa até a noite seguinte.

Meus olhos examinaram o solo irregular em busca de uma resposta, e ela chegou na forma de um fino manto de linho. No início, reconheci José, o comerciante de especiarias, pela bainha de sua veste. Ele estava na minha frente. Minha prima olhou para ele, e mais lágrimas encheram seus olhos.

— Cuidarei de tudo — disse ele a Maria.

Minha prima encostou-se nele por um breve momento.

— Joana — pediu ela. — Vai com José. Ele precisará de tua ajuda.

Eu não conseguia me mover. O jovem João e as mulheres que estavam conosco fecharam um círculo em torno de Maria. Eu os vi, mas não reagi.

— Joana — chamou-me minha prima. — Não temos muito tempo. — Sem responder, fiz como me pedia e segui José na descida do monte.

✺ CAPÍTULO DEZESSEIS

"E eis que certo homem, chamado José [...] tendo procurado a Pilatos, pediu-lhe o corpo de Jesus, e, tirando-o do madeiro, envolveu-o num lençol de linho e o depositou num túmulo aberto em rocha, onde ainda ninguém havia sido sepultado."

Lucas 23:50, 52-53

A carruagem e o cocheiro de José estavam à nossa espera no sopé do monte. Fomos primeiro à oficina do marmorista, perto do cemitério hebreu. Enquanto atravessávamos a curta distância, ele se manteve junto do cocheiro, e eu atrás deles. José, no entanto, estava sentado de lado em vez de virado de costas para mim.

Por algum tempo, ficamos absorvidos em nossas preocupações. Embora estivesse escuro, tínhamos quase duas horas até o início do sabá. Eu não conseguia descobrir como encontraríamos uma tumba, prepararíamos o corpo e providenciaríamos um enterro apropriado. José pareceu compreender meu dilema.

— Joana — chamou-me José, o rosto bem próximo do meu. Ele já devia estar falando comigo havia algum tempo, embora eu não o estivesse ouvindo.

— Sim — respondi, sentando-me mais ereta do que antes.

— Nós temos um sepulcro — começou ele. — Iremos ao marmorista e acertaremos os detalhes.

— Não podemos enterrá-lo em uma terra comum — insisti. — Não há como lhe arrumar um local no cemitério hebreu?

Eu sabia que era contra a lei. Um homem condenado como criminoso não podia repousar entre os ancestrais sagrados.

Passamos por baixo da placa do marmorista, rumo a um pátio onde homens afiavam e consertavam marretas e picaretas, os braços e faces cobertos por nuvens de poeira. Segui José até uma pequena cabana e entrei atrás dele. Ele se aproximou do homem à mesa, que se pôs de pé e o saudou pelo nome.

— Estou terminando o projeto da pedra que cobrirá seu sepulcro — disse o homem, ansioso por mostrá-lo a José. O bondoso José concedeu ao homem seu momento de orgulho, antes de se explicar.

— Houve uma mudança — disse-lhe. — Precisarei da pedra para hoje.

Em poucas palavras, explicou ao homem o que queria que ele soubesse.

— Ele é um santo profeta, não um homem de posses materiais — finalizou José. — Darei a ele meu próprio sepulcro. Sinto-me honrado em ter seus ossos em meu jardim.

— Uma bela sepultura para um homem de posses. Por que desistir dela? — argumentou o artesão. — Há outra sepultura que terminei recentemente. Fica no cemitério hebreu. A família não precisa dela no momento. Talvez, por um preço justo, eu possa convencê-los.

José tirou uma grande bolsa de moedas do bolso.

— O que precisas para cobrir logo a sepultura em meu jardim? — perguntou. Foi gentil, porém breve.

Ficou acordado que o marmorista e seus homens iriam à sepultura na propriedade de José, nos arredores da cidade. Eles logo instalariam o trilho que permitiria à pedra ser movimentada para frente e para trás. Havia uma pedra redonda que fora cortada, quando começaram a cavar na rocha. Ela ainda estava lá e serviria.

— És generoso demais por abrir mão da sepultura que um dia deverá ser teu local de descanso — arriscou o homem.

José contou as moedas de ouro de sua bolsa.

— Vai ao meu jardim e toma providências para que tudo esteja pronto — disse-lhe com poucas palavras, quando já estava de saída. — Traremos o corpo dentro de uma hora.

Entregou ao homem mais do que o salário de duas semanas. O marmorista segurou as moedas.

— Somos gratos a ti — disse José. — A mãe dele... — Não terminou a frase, apenas sorriu polidamente para o marmorista, que assentiu com a cabeça.

Saímos de lá e fomos à cidade, para o palácio de Pilatos. Várias vezes, José pediu ao cocheiro que fosse mais rápido. Paramos diante do portão do governador.

— Preciso conversar com Pilatos ou ao menos lhe mandar um recado — disse José. — Será mais fácil para nós se ele nos der permissão para pegar o corpo e enterrá-lo.

Mais uma vez, fomos lembrados da desgraça de meu salvador. Era prática romana que um homem crucificado fosse punido por toda a eternidade. Sendo-lhe negado um enterro apropriado, seu corpo era jogado em um vale estreito ao lado do Monte Calvário, e seu espírito jamais repousaria em paz. Ele era condenado a vagar para sempre. Qualquer um que interferisse, tocando no corpo, ficava sujeito ao mesmo destino.

Ao descer da carruagem, José demorou-se pelo tempo necessário para que eu entendesse que queria ir sozinho.

— Minha prima me pediu que ficasse contigo — lembrei-o.

Qualquer menção do nome de Maria suavizava sua expressão. Seu rosto redondo, suado, normalmente rosado na presença dela, estava agora tão pálido quanto areia. Contudo, a mera lembrança dela colocava o esboço de um sorriso em seus lábios.

A ideia de me encontrar com Pilatos parecia algo além de minhas forças, no entanto, disfarcei meu medo. José era mais decidido. Ajudando-me a descer da carruagem, apressou-me na direção do portão.

— Temos pouco mais do que uma hora, e esta não é nossa última parada — disse ele, conforme entramos na fortaleza. Cobri o rosto com meu lenço o mais que pude.

Vários guardas reconheceram José. Ele pediu para ver o primeiro conselheiro. Um dos guardas entrou por uma porta dupla e voltou com um conselheiro de menor importância, que ouviu impaciente o que José tinha a dizer. Fiquei afastada, tentando adivinhar a razão de sua expressão aborrecida e de seus gestos impacientes.

— Pouco provável — ouvi o homem dizer.

— Pelo menos peça — insistiu José.

O homem de Pilatos se retirou. Esperamos o que nos pareceu horas, até que o governador cruzou o pátio de pedras, coincidentemente, a caminho de outro lugar. Acabara de sair de uma reunião e estava trocando de sala para ir a outra. Eu conhecia essa vida... Os dias de Cuza, de certa forma, não tinham sido tão diferentes dos de Pilatos.

O conselheiro inferior, o mesmo que antes falara com José, conversava agora com Pilatos. O governador franziu a testa, ao olhar para o outro lado do pátio.

— Vinde — disse Pilatos, na sua forma brusca de falar, levantando o dedo para nós.

José aproximou-se confiante, a despeito de como estivesse se sentindo. A expressão inerte do governador não se alterava enquanto ouvia o comerciante de especiarias fazer seu pedido. Olhei para fora a tempo de ver um raio tão grosso quanto um tubo de ferro riscar o céu.

Com um leve balançar dos dedos, Pilatos seguiu em frente, quando então teve uma última ideia.

— Fala com os guardas — disse ele, dessa vez em uma altura que eu pudesse ouvir.

José curvou-se de forma apropriada, para mostrar sua gratidão.

Conforme Pilatos continuou a cruzar o vasto corredor, avistou-me e olhou duas vezes para mim, como se suspeitasse que me conhecia. Se de fato lembrou-se de mim, não deixou transparecer. Eu não era mais nada para ele; apenas uma viúva sem influência alguma na corte. Reconhecer-me seria rebaixar-se.

José voltou para a rua; segui-o. À medida que continuamos nosso trajeto, ele falou comigo, sentando-se de lado, junto ao cocheiro, como fizera antes.

— Ele não ajudará, mas também não se oporá — disse-me.

Seguimos viagem, passando por uma rua repleta de lojas e de depósitos não muito longe do hipódromo. O cocheiro parou em frente a um pequeno edifício de pedras, cuja entrada era limpa como poucas. José tirou uma chave do bolso, abriu a pesada porta de madeira e entrou.

Segui-o por um quarto que cheirava a especiarias e a fragrâncias oleosas. O cocheiro manteve a porta aberta enquanto José acendia uma lamparina.

Sob a luz que se adensava, a sala revelou todos os seus tesouros. Aquele era o depósito do comerciante. De um lado da porta, ficavam as prateleiras com tecidos caprichosamente dobrados no mesmo tamanho. Do outro lado, havia sacos de musselina cheios de especiarias e de folhas de chá, ou assim me dizia meu nariz.

Ele foi direto às prateleiras e pegou uma medida de um perfeito linho.

— É do Egito — disse ele, abrindo o tecido para inspecioná-lo. O respeito que demonstrou pelo primoroso tecido tocou-me o coração. Ele era um artista, um homem que equiparava a beleza às dádivas dos céus. Inspirou o perfume do linho, feliz por este estar limpo e ser de boa qualidade.

Voltando à prateleira, apalpou outros tecidos e correu os dedos por um ou dois deles.

— Este — disse, voltando para sua primeira escolha. Segurou-o para que eu o tocasse. Era tão macio quanto pétalas de flores. Sorri. José dobrou o tecido com destreza e o pôs debaixo do braço.

Atravessamos o quarto. Ele foi direto aonde estava um saco de musselina e rasgou uma ponta no canto superior, para dar uma olhada lá dentro. Entregou-me o linho que tinha em mãos e segurou o saco com um braço. Senti cheiro de mirra.

— Da Etiópia — disse ele, preocupado em dizer mais.

Embrenhou-se no quarto até uma escada estreita que dava para uma gruta subterrânea. Segui-o e, quando ele colocou a lamparina na prateleira, tive a visão de um espaço minúsculo, frio e estagnado, com prateleiras cheias de jarros com óleos aromáticos. As essências de nardo e babosa estavam acondicionadas em jarros simples de pedra, todos selados e mantidos frescos, até serem colocados em uso. José sabia exatamente o que continha cada jarro e escolheu vários.

— Aloé — disse ele, segurando o primeiro para mim. — A mais nobre das plantas.

Eu poderia ter lhe dito que era uma planta comum, mas os artistas têm sua própria visão. A arte de José era o mundo natural.

— O aloé não tem um perfume forte que nos atraia — continuou ele. — Mas nos oferece um presente generoso. O que é mais calmante do que o aloé?

Ele tomou o caminho de volta pelas escadas, sentindo evidente satisfação com relação a tudo o que continha seu estoque. Teria me contado histórias sobre as fazendas e os pomares, sobre os artesãos que encontrava em suas viagens. Teria se lembrado de uma longa tarde passada com os tecelões, com os lavradores, com os perfumistas que conhecia e passara a admirar por suas habilidades.

Em outra ocasião, quem sabe.

Colocamos nosso linho e condimentos na carruagem, agora protegida pela lona que o cocheiro erguera enquanto estávamos no estoque. Não estava chovendo, mas havia a ameaça de chuva a qualquer momento. José voltou mais uma vez para se certificar de que tudo estava em ordem e de que a lamparina tinha se apagado por completo. Saiu, trancou a porta e varreu com os pés algumas sementes de tâmara, que alguém jogara displicentemente no chão, quando de passagem. Então voltou para a carruagem.

Em nossa última parada, entramos em sua propriedade. Eu jamais a tinha visto, uma casa modesta com um pequeno jardim marcado por cardos, botões de alcaparra e roselhas.

— Minha família é da Arimateia, mas decidi ser enterrado em Jerusalém. Espero um dia repousar à sombra do portão do rei Davi. Agora, nosso amado Mestre repousará em meu lugar. Mas talvez em breve eu venha a repousar ao lado dele. Ele é minha família agora.

— Seus olhos negros e arredondados, quase sempre reluzentes de alegria, estavam entorpecidos de dor.

Passamos pela casa, atravessamos o jardim até onde os homens estavam cavando o trilho necessário para a pedra rolar até o lugar. Paramos ali perto.

— Estás vendo? É este o lugar — disse José, sem conseguir deixar de admirar o acabamento do sepulcro, com seu teto perfeitamente arqueado e suas paredes cinzeladas com precisão.

— Sim — respondi, distante. Ficamos olhando para a grande pedra que o marmorista e seus homens se ocupavam em preparar.

José me conduziu à gruta. Havia duas câmaras pequenas. Na primeira, havia uma cova rodeada por bancos. Atrás dela, ficava a câmara funerária, onde uma prateleira fora esculpida na parede, pronta para receber um corpo.

Quando restassem somente os ossos, eles seriam retirados da prateleira e depositados no ossuário que ficava no canto da sala. Era um certo conforto para mim saber que Jesus e José poderiam, os dois, ser enterrados naquele local sereno. Por causa de seu amor e de sua generosidade, José transformara o que fora uma morte vergonhosa aos olhos do mundo em algo nobre.

Coloquei o linho no banco da primeira câmara e a jarra de aloé ao seu lado. José colocou o saco de mirra ali perto, no chão. O perfume doce dos condimentos começou a se misturar com o odor úmido da terra, de uma forma agradável.

O caminho de volta ao Monte Calvário foi o mais longo de minha vida. Parei uma vez para pegar uma pedra manchada de sangue e a coloquei no bolso. Tantos outros haviam cruzado aquele caminho até a morte, que aquele sangue poderia pertencer ao corpo de um desconhecido, mas, mesmo assim, peguei-a. Eu queria algo que pudesse tocar e guardar para me lembrar daquele dia.

Próximo ao topo do monte, os soldados estavam levantando um corpo para jogá-lo em uma cova aberta. Um dos pés do cadáver estava faltando, os cachorros deviam tê-lo arrancado.

Levantando os olhos até meu salvador, sua cabeça caída sobre o peito, vi um soldado fincar-lhe uma lança. Esta lhe quebrou as costelas frias, ficou pendurada em seu corpo e caiu ruidosamente no chão. Talvez minha prima tenha me mandado acompanhar José por me conhecer bem demais. Tivesse eu ficado lá para refletir sobre o que ela devia ter presenciado, minha fé incipiente e já abalada poderia ter me abandonado e me deixado cair em desespero.

Minha prima e os outros ficaram perto do corpo. Nenhum deles se manifestou. José de Arimateia foi falar com o capitão, que o empurrou disposto a ignorá-lo. Ele atraiu a atenção do homem quando mencionou o nome de Pilatos.

Os outros soldados estavam recolhendo seus pertences e se preparando para descer. O capitão manteve os olhos neles enquanto ouvia José.

— Pilatos não faz nenhuma objeção — o comerciante de especiarias o assegurou disso.

O capitão abaixou-se para ajustar sua sandália, ignorando José quase por completo.

— Não vamos esperar — disse, de má vontade.

José levou a mão ao bolso e de lá tirou sua bolsinha de moedas. O capitão olhou duas vezes. Moedas de ouro trocaram de mãos. Devia haver dez delas, no mínimo.

— Sede rápidos — disse o soldado. — Estamos de saída.

Éramos tão poucos os que restávamos perto da cruz que nós, mulheres, tivemos de ajudar a carregar o corpo. Uma escada, uma alavanca para retirar os cravos e o peso do corpo assim que o levantamos para pegá-lo. Minha prima foi a primeira a segurar o filho. Nós a deixamos sozinha com ele. Maria o embalou suavemente, afastou os cabelos de seu rosto amado. Beijou-lhe os olhos, os lábios. Encostou a testa em seu coração partido.

José contou aos outros o que conseguira. Havia uma carruagem aguardando no sopé do monte e um sepulcro em seu jardim. Em seguida, foi aonde estava Maria e falou com ela, tranquilizando-a. Pude ver em seu rosto plácido que o que teria sido um esforço terrível para mim era uma fonte de contentamento para ele. José tinha o hábito de ser generoso.

Maria segurava o filho. José aguardou ao seu lado, até que ela finalmente levantou os olhos para ele. Todos nós, juntos, levantamos o corpo e o carregamos monte abaixo.

A fragrância de mirra inundava o sepulcro. Esticamos o tecido de linho no chão e colocamos o corpo sobre ele, tomando cuidado para não tocar em suas feridas com medo de sermos contaminados pelo sangue de um cadáver.

Nós, mulheres, fomos para o jardim e logo colhemos flores para colocar sob sua cabeça e ombros. Uma luz estranha banhou o jardim por um momento, como se o sol estivesse se pondo em uma tarde clara. Um raio de esperança, senti vontade de gritar. Mas não tínhamos nada pelo que esperar agora. Quando retornamos à sepultura, o crepúsculo se estabeleceu no local.

Envolvemos sua cabeça em linho, levantamos seu corpo e colocamos as roselhas e os botões de alcaparra sob ele. Então o recostamos em sua cama perfumada e o cobrimos com o vasto pedaço de linho.

O resto teria de aguardar. Acenderíamos nossas velas, lavaríamos e ungiríamos o corpo, rezaríamos e cantaríamos juntos após o sabá. Mas já havíamos demorado mais do que devíamos.

Em vez de colocar o corpo na prateleira, no interior da câmara, nós o deixamos no banco da entrada, pois planejávamos voltar. Depois de feito isso, ficamos juntos, cada um em sua oração silenciosa. José deu início a uma canção antiga. Sua voz acalorada e possante falhava e desafinava, mas ele continuou. Nós nos unimos a ele, fazendo o melhor que podíamos.

No escuro, em meio ao ruído de grilos e de sapos, rolamos a pedra para a frente do sepulcro, como os marmoristas haviam planejado.

Quando terminamos, minha prima começou a andar até a sepultura e voltar. Com os braços caídos ao lado do corpo, proferiu um som como eu jamais ouvira sair de um ser humano.

Ela rugiu como uma leoa, sofrendo por seu amado. Raiva e sofrimento transbordaram de dentro dela. Nenhum de nós se aproximou.

Voltei para o jardim. Mulher de fé frágil, pelo menos ávida por crer, eu tinha minhas próprias emoções confusas para lidar. Todos nós devíamos ter seguido nosso próprio caminho, mas nenhum de nós parecia capaz de ir embora. Estávamos atormentados, todos, pela perda que aquele momento representava.

 EPÍLOGO

Havia na igreja de Antioquia profetas e mestres: Barnabé [...], Manaém, colaço de Herodes, o tetrarca, e Saulo.

Atos dos Apóstolos 13:1

Eu estava lá na manhã em que ele se levantou do sepulcro, mas não o reconheci em meio à luz. Jamais entenderei de verdade tudo o que vi. Levo minha vida com a esperança de que, um dia, mais detalhes dos mistérios se esclareçam.

Nenhum de nós foi o mesmo depois que meu salvador voltou dos mortos. Nós nos viramos, cada um em uma nova direção. Vi isso acontecer primeiro com minha prima. Ela parecia uma criatura iluminada que se livrara da própria pele. Emergiu de suas provações tão terna e sábia quanto um recém-nascido.

Durante um período, morou em Éfeso com João, o mais jovem dos discípulos de seu filho. Com fervor, ele partira para contar a todos que tivessem ouvidos para ouvir o que havia presenciado na Galileia. Do tipo excêntrico que andava com a cabeça nas nuvens, ele precisava de alguém que o mantivesse devidamente alimentado e vestido.

Foi durante a ausência de Maria que comecei a tomar conta de sua casa. Eu não planejara fazê-lo. Tinha meus próprios assuntos para cuidar, uma vez que há pouco tempo transformara minha casa em Séforis em uma hospedaria para os viajantes a caminho da Cidade Sagrada. Phineas era meu sócio. Escravo alforriado, ele quis ficar e me ajudar a administrar a hospedaria.

— "Joana, vai a Nazaré." — Aquelas palavras voltaram para mim. Os visitantes que chegavam a Séforis me ajudaram a entender o seu significado. Eles queriam saber da casa onde nascera o profeta. Eu a mostrava a eles, mal percebendo, no início, como a casa estava se acabando por falta de cuidado. A família de minha prima havia se mudado, fugindo dos curiosos.

Eu estava sozinha na casa, em uma tarde, quando um pedaço inspirador de reboco caiu do teto e me fez pensar. O trabalho de reparo começou logo em seguida.

Minha prima finalmente voltou de suas viagens.

Por legítima escolha, ela se instalou em uma gruta no Monte das Oliveiras. Da entrada de sua habitação, podia ver os lugares onde seu filho dera de si, vivera, morrera e ressuscitara. Maria precisava de tempo para olhar para tudo com profundidade, assim me dissera. E assim fizera.

José, o comerciante de especiarias, foi seu fiel zelador, da mesma forma como zelara por seu filho no final. Perguntarei a ele um dia por que cedeu sua própria sepultura ao meu salvador. Terá sido por amor a Jesus ou, acima de tudo, por amor à sua mãe?

Foi nos últimos dias de vida de minha prima que eu lhe confessei que não saberia viver se ela se fosse e eu ficasse só, sem um marido.

Maria me ouviu abrir meu coração e acariciou minha mão enquanto eu falava palavras confusas. No entanto, sua única resposta foi a de que Deus me mostraria o caminho.

Um dia, ela se deitou em paz em sua esteira e não se levantou mais. Pela primeira vez, desde que eu a conhecera, ela estava livre de qualquer tipo de dor. Dormiu em silêncio e finalmente foi-se para sempre.

Eu sabia que sua hora havia chegado quando senti o ar se agitando à minha volta. Observei um séquito de mulheres abençoadas entrar e se reunir à sua volta. Sara, Rute e Ester — não sei como as reconheci pelo nome. De alguma forma, eu sabia.

Isso aconteceu há alguns anos. Hoje, quando viajantes da Babilônia ou do Egito vêm à minha hospedaria, sei o que esperar. Eles querem que eu lhes mostre o local onde a deusa-mãe morou. Eles creem que minha prima era Isis, de volta à terra no corpo de uma nazarena. Dizem-me com certeza que Maria era como a pobre deusa-mãe que perdeu o filho, Osíris, para os demônios. O nobre filho escapou do submundo e retornou à vida. Não é exatamente o que aconteceu na Galileia? É o que me perguntam.

Não, insisto. Maria era uma mulher, não uma deusa. Não tinha nenhum poder divino. Esta é a grande lição de sua vida. Mesmo durante os períodos mais difíceis, ela jamais perdeu a fé. E me mostrou o que significa ser uma mulher de Deus.

Eu devia ter ficado feliz por poder me dedicar ao trabalho que tinha pela frente. Administrar a hospedaria em Séforis e o santuário em Nazaré eram duas satisfações. No entanto, havia Manaém. Por mais que eu tentasse, não podia desistir dele. Ser uma só com meu Criador é meu maior privilégio. Sou uma mulher com mais necessidades práticas do que grandes ideais.

Quando ele foi embora, senti-me como uma estrangeira expulsa da própria pátria. Apenas descobri isso depois que nos separamos.

Manaém foi para a Antioquia ajudar uma comunidade que queria aprender os caminhos do Mestre. Até então, novos seguidores haviam surgido nas cidades ao longo do Mediterrâneo, mesmo nas tão longínquas quanto Roma. Ele era necessário na Antioquia, mas tivera outras razões para deixar Tiberíades, da forma como fizera. Não havia futuro para Manaém na corte de Herodes. O tetrarca ficava cada vez mais violento e traiçoeiro. Não era seguro para um homem honrado ficar perto dele.

Quando os romanos finalmente enviaram Herodes para o exílio na Gália, mergulhei na cachoeira perto de meu pomar, para me lavar de sua lembrança.

Eu escrevia para Manaém com uma frequência exagerada, assim eu achava, por causa de minha solidão. Ele me respondia em cartas inflamadas de entusiasmo. Então, um dia, voltou à minha casa sem muito mais do que um aviso. Eu o vi se aproximando pela estrada. Parecia magro demais, mas seu rosto estava agraciado e purificado pelas suas várias boas ações.

— Tua prima Maria... — As palavras falharam. — José, o comerciante de especiarias, entregou-me um recado dela.

Era a primeira vez que eu ouvira dizer que Maria quisera falar com Manaém. Perguntei-me por que ela não havia me contado. Ela sabia que eu teria feito qualquer coisa por ela.

Entristeceu-me pensar que um pedido dela ficara sem resposta. Meus olhos se encheram de lágrimas.

— Maria me pediu que voltasse para cá, para Séforis — disse ele. — Ela acreditava que tu precisarias de ajuda para dirigir a hospedaria.

Tudo isso aconteceu há muito tempo. Manaém e eu somos velhos agora, um casal idoso. Estou quase com setenta anos. Ainda tenho a maior parte de meus dentes, mas muito pouco de mim permanece o mesmo.

Impresso no Brasil pelo
Sistema Cameron da Divisão Gráfica da
DISTRIBUIDORA RECORD DE SERVIÇOS DE IMPRENSA S.A.
Rua Argentina 171 – Rio de Janeiro, RJ – 20921-380 – Tel.: 2585-2000